ODDTAXI
オッドタクシー
お客さん、どちら
TV TOKY
木下
医者
ズーデン
ハガキ職人
アイドル
バズりたい
負けず嫌い
自己承認欲求
芸人
一発逆転
村上まなつ
銀行強盗
ゴロツキ
失踪事件
同族優越感
文明
看護師
攻撃衝動
飯田里穂
木村良平
此元和津
高井佳佑
フェニックス
斉藤壮馬
信頼関係
ドライブレコーダー
タクシードライバー
カタルシス
嫌悪感
痴着
渋谷
村上知子
たかし
個人
OMSB
©P.I.C.S. / 小戸川交通パートナーズ

黒田
捜索
田中
行方不明の
女子高生
恨み
捜索
対立
ドブ
ヤノ
舎弟
尊敬
癒着
追求
大門兄弟
犬猿の仲
関口
神
バイト仲間
大ファン
交際
今井
樺沢
市村
二階堂
三矢
山本
アイドルグループ「ミステリーキッス」
マネージャー

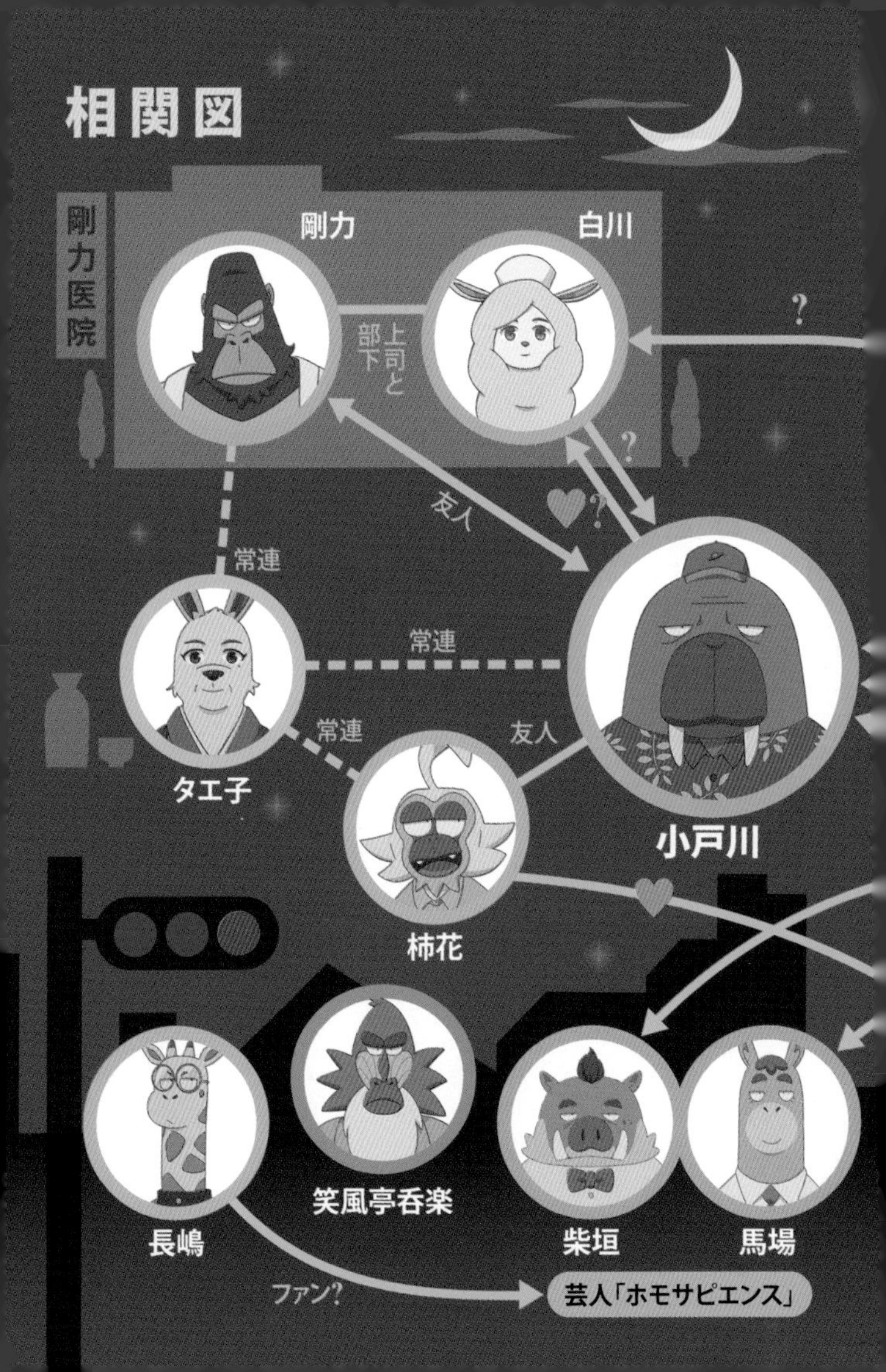

相関図

剛力医院

剛力 — 白川
上司と部下

?

剛力 ···常連··· タエ子

白川 友人 ↗ 小戸川

♥ ?

タエ子 ···常連··· 小戸川

タエ子 ···常連··· 柿花

柿花 友人 小戸川

♥

長嶋 笑風亭呑楽 柴垣 馬場

芸人「ホモサピエンス」

ファン？ →

タクシー運転手・小戸川が運ぶのは、
どこかクセのある客ばかり——。

小学館文庫

オッドタクシー

涌井 学
脚本／此元和津也

小学館

Chapter1　はじまる

1 小戸川と樺沢 @小戸川タクシー

いやな夢を見た。水の中に沈む夢だ。

汗を掻《か》いて目を開ける。息が荒くなっている。そして少し疑う。

夢だよな、と。

〈——ここでニュースをお伝えします。東京都練馬区で女子高校生の行方《ゆくえ》がわからなくなっています。今月四日深夜、自宅から出た後に連絡が途絶えており、警察は事件に巻き込まれた可能性もあるとして捜査を進めています〉

つけっぱなしにしていたラジオがこの世の不幸を小分けにして運んでくる。小戸川《おどかわ》は助手席に放り投げてあったお茶のペットボトルを摑《つか》んで中身を喉に流し込んだ。潤すんじゃなく夢の残滓《ざんし》を洗い流すためだ。空になったボトルをダッシュボードに放りこむと、ガサリという音がして、入れっぱなしにしていた処方薬を思い出した。白く殺風景な袋に小戸川宏《ひろし》と書いてあるやつだ。かかりつけの剛力《ごうりき》医院で処方してもらった眠剤《みんざい》を飲んでも小戸川は眠れない。眠り方を忘れてしまった。だからこうして仕事の合間に、タクシーを町のすみっこに忍び込ませて質の悪いベッドにする。浅い眠り

だから夢ばかりみるけどそれでも寝られるだけましだ。部屋で布団に包《くる》まると動悸《どうき》ばっかり速くなって眠りはどんどん遠ざかっていく。

小戸川は仕事用の黄色いキャップを頭に載せてゆっくりとアクセルを踏み込んだ。路地を出ると夜は終わって偽りの昼がくる。人が溢《あふ》れている。そこかしこにライトと音。多すぎる情報は濁流みたいに混ぜこぜになって、一個一個認識できないから逆にシンプルだ。夜の渋谷は雑多だから安心する。この人生の主役は自分じゃないと町中がそう言っている。

渋谷文化村通り。

小戸川はいつも思う。この世は動物園だって。

横断歩道を渡る幼稚園児みたいに右手をピンと伸ばして挙げてるカバが見えた。妙に子供っぽい横じまのシャツを着ている。あの耳の感じはコビトカバか。かったるそうな目をしている。大学生か社会人の一、二年目って年齢。

小戸川はブレーキを踏みながらハンドルを切って車を停《と》めた。同時にドアを開けたらコビトカバが太目の体を揺らしながら乗り込んできた。後部座席の真ん中に尻を沈める。その間もずっとスマホに目を落としている。ミラー越しにも目が合わない。

視野の狭いカバだ。

「どちらまで」

「あはい。練馬」

カバの顔がスマホの光で下から照らされてる。

この時間、いつも聞いているラジオから急に拍手が聞こえてきた。

〈なんと！　ぼくらホモサピエンス、見事突破いたしました！〉

中堅芸人のホモサピエンスのラジオ番組だ。そのツッコミの方の馬場《ばば》の声だ。

相方の柴垣《しばがき》がボケ担当なのに突っ込んでいる。尖《とが》った声だ。〈いや何をやねん〉

〈いやね先日のＮ‐１一回戦の結果が出ましてね。ぼくら見事突破しましてん〉

〈いやあたりまえやそこは。素人《しろうと》でも通るわ一回戦。お前どこをゴールだと見定めとんねん〉

〈いやでも去年二回戦で落ちたじゃないですか〉

柴垣が舌を鳴らした。〈ほんま十何年やっててこんな屈辱あるか？　あかん思い出したら腹立ってきた〉

〈まあまあ〉

〈なんなんマジで。審査員わかってへんやろあいつら〉

〈いややめとけて〉

〈何かしらの癒着を感じんねん。だいたいな、俺らよりおもんないやつになんで評価されな〉

〈あメール来ました！　えー、東京都長嶋聡《ながしまさとる》くん高校生。こんばんは。えー、一回戦見に行ってきました。単純にネタがおもしろくなかったです。ツカミまでにかかった時間が一分、そのフリを生かせないまま同じようなボケの羅列でさざなみのような笑いが続き、見てるこちら側を不安にさせていました〉

〈………〉

〈もう少し手数を増やした賞レース用のネタを考えてください〉

〈なんやねんこいつ！〉

メールを読んでいた馬場がスカスカの声で笑った。〈えっとそれでは曲行きましょう。ミステリーキッスのファーストシングルで、『超常恋現象』〉

売出し中らしいアイドルグループの曲が流れだした。フロントガラスの向こうに人々が見える。いろいろいる。スクランブル交差点はいつだってにぎやかだ。クマにオコジョ。サルにキツネ。ゾウもいるな。アメリカン・ショートヘアがペルシャ猫とじゃれ合ってる。今日はキリンまでいる。いまどき珍しい学ラン姿の男子高校生が長い首の先の耳にイヤホンを突っ込んで人混みの中で一人でいる。この町はみんな一人だ。

スマホに目を落としたまま後部座席のコビトカバがボソリと言った。

「ちょっと……、ラジオ止めてくれません？　考え事してるんで」

ラジオを消す。バックミラーの中でコビトカバがスマホをいじり続けている。井《い》ノ頭《かしら》通りの坂を上り切った辺りで、コビトカバがスマホに目を落としたまま言ってきた。

「運転手さん、最近なんかおもしろいことありました？」

小戸川は固まる。いきなり頭の中にブワッと選択肢が浮かんできた。混乱する。

「おもしろいこと……。………」

ミラーの中でコビトカバはスマホをいじり続けている。いい天気ですね最近景気はどうですか。それと同じでどうでもいい質問なんだって小戸川もわかっている。けど選択肢は次々湧き出して頭から溢れそうになる。質問をされたらもうだめだ。飛んできた言葉を弾《はじ》き返すならいい。けど考えるとだめだ。止められない。

指をスマホに置いたまま、コビトカバが無言でいる小戸川をミラー越しに見ていた。口を開く。

「――タイムオーバーだわ。そこまで興味あって聞いたわけじゃないぞってなってくるから。こっちの心理的に」

小戸川は答える。いつの間にか額に汗がいく粒も浮いている。

「俺は……、質問されると選択肢が五つくらい出てきて、その中からどれがベストか、そして誰も傷つけてないかを考えるから時間がかかるんだ」

「………」

「あんたは思いついたことを何も考えずにパッと答えるから早いだろうけど」

コビトカバが座席に背中を押しつけて眉をひそめている。

「さっそく傷つけたじゃん」

一呼吸置いてから訊《たず》ねた。

「なんでおもしろいこと聞きたいんだ？」

即答された。

「バズりたいんですよ」

「バズりたい？」

「要するにＳＮＳでたくさん拡散されたいんです」

「なんで」

「なんでって……。友達とかバズってるし」

「ほんとにしょうもないことに時間かけてんだな」

コビトカバが少しだけ腰を浮かせた。熱くなっている。

「しょうもなくはない。大事なことなんですよ。いいねやフォロワーの数がそいつの値段と言ってもいいぐらい。就活でも判断基準にされてるぐらいね」

「ふーん。どういうのがバズるんだ？」

腰を落とした。

「そうだなぁ。単純に笑えるのもそうだし、あとは感動系か、スカッとするような勧善懲悪系とかね。あとはそう、外国人目線からの日本のジェンダー論とかかな」

「たとえば？」

「うーん。たとえばで言うと……。ほらこれ。読むよ？　こないだスタバで原稿描いてたら隣の席から、

『歯医者行きたくないな』

『虫歯多いって愛された証拠なんだよ。赤ちゃんの頃に親から食べ物を口移し、あるいはスプーンを共用してたってことだからね』

『マジで？』

『ちなみに僕は虫歯ゼロだけどね』

ってイケメン高校生が話してて抱き締めたくなるほどに尊み溢れた。とか」

「気持ちわりい。スタバで原稿っていう謎のクリエイターアピールも余計だし、おもしろい現場を見たのみならず、それをこんな端的に伝えちゃう私マジセンスの塊っしょっていう隠しきれない自惚《うぬぼ》れ感も気持ちわりい」

コビトカバがまた引いた。「ものすごい嫌悪感あらわにするじゃん」

窓の外を夜の町が流れていく。小戸川はポツリと言った。

「捏造《ねつぞう》するわけにはいかないしな」

そしたらあっさり返答された。

「捏造でいいんですよ。これも捏造だろうし」

「いいのかよ」

「いいんです。捏造っていうかこれはファンタジー。みんなが求めてるものを提供するビジネスなんですよ」

一瞬黙ったと思ったら急にガバリと体を起こした。

「あっいいこと思いついた！　あの運転手さん、自撮りで俺とツーショット撮ってください よ」

「そんなのバズるのか？」

「いいからいいから」

信号で停車したら、コビトカバが後部座席から身を乗り出して小戸川に顔をひっつけてきた。インカメのフラッシュ。小戸川は目を細める。

「できた！　見て！」

コビトカバがスマホを差し出してきた。ツイートが十秒前投稿ってなっていて、本名っぽい樺沢《かばさわ》太一《たいち》って名前の下に本文。

〈待って。タクシー運転手に就活うまくいかないってこと相談したらスマホ奪われてこれ見て元気出せよってツーショット撮らされたんだけど〉

そして写真。セイウチの小戸川とコビトカバの樺沢が頬をくっつけて一枚の写真に収まっている。樺沢はこれでもかってほどの笑顔。小戸川は基本仏頂面だけど、与えられた文字情報のせいで実は人情に篤《あつ》いおっさんに見えなくもない。

「そんなんでバズるかよ」

小戸川はそう言うのに樺沢は嬉《うれ》しそうだ。

「いい人系もバズりやすいから。つか、バズるって言葉さっそく使いこなしてますね」

「それ顔にモザイク入れた方がいいんじゃないか」

「ああ。運転手さんの。こういうの嫌がる人いますもんね」

「いやお客さんに」

「なんで自らですか。俺の顔は故人あるいはR18かよ」

車内に二人分の笑い声。小戸川のタクシーは走る。

2  大門兄弟 @小戸川タクシー

路肩にパトカーが見えた。良く似た二人の警察官が、片方は赤い棒を振って、片方は赤い棒を横に倒して胸の前で示していた。止まれって言ってる。
小戸川は路肩に寄せてサイドブレーキを引いた。後部座席でお客の樺沢が、警官と小戸川をせわしなく交互に見ている。小戸川は手回し式のグリップを回して運転席の窓を下ろした。警官の制服を着た二匹のミーアキャットが運転席の小戸川を覗《のぞ》き込んでくる。大門《だいもん》兄弟って言えばこの辺じゃ少し知れた顔だ。一卵性双生児なんだって聞いたことがある。同じ顔だけど、目つきと口ぶりが鋭い方が兄。メガネをかけた、少し抜けた顔をしている方が弟だ。

小戸川に気づいた。

「なんだ小戸川か」

「なんだってなんだよ。お客さん乗せてんだよ。手短にな」

ぶっきらぼうに応じる。小戸川は大門兄弟が、特に兄の方が嫌いだ。

兄が写真を示してきた。

「こいつ見なかったか？」

紫の派手なフィールドジャケットを着たゲラダヒヒだ。黄色いキバが下あごから空に向かって伸びている。ドブだ。本名は何て言うのか知らないけど、こっちもこの辺りじゃ有名なヤツだ。端的に言って悪人。それも、「行動原理は金」って吹っ切れてる分《ぶん》たちの悪い犯罪者だ。手段を選ばない上に、悪事をはたらくのにラグがない。すぐ殴ってくるし、人の心も体もためらいなく傷つける。

小戸川は目だけ動かして大門兄を見た。視線を合わせたまま言う。

「不思議だな。お前、こいつと仲良しだったはずだろ？」

弟の方が不思議そうな顔をして兄を見た。素直に兄に訊ねている。

「どういうことだい？　兄ちゃん」

大門兄が小戸川に顔を寄せてきた。弟に聞こえないようボソボソ言う。

「便宜上聞いてんだ。察しろよ」

「ねえ兄ちゃん。どういうことだい？」

不安そうな弟の肩に大門兄が手を置いた。「ああ、弟。こいつは頭がおかしいんだ。気にすることないんだよ」

小戸川は大門兄弟のやりとりを無言で見る。妙な関係性だ。

「なあ兄ちゃん。指名手配のドブと兄ちゃんが仲良しって……」

「なあ弟。こいつはタクシードライバーだよ。タクシードライバーの言うことなんか信じちゃいけないよ」

弟の方の目の色が急に変わった。不安から怒り。いや、その奥に憎悪すら帯びている。

「そうか……。そうだよな。なんてったって憎いタクシードライバーだもんな」

「そうさ。憎いタクシードライバーさ。嘘《うそ》だって平気でつくさ」

弟が吐き捨てるように言った。「ひっでえヤツだぜ！」

小戸川は前を向いたまま言う。

「もういいか？　兄弟喧嘩《げんか》は帰ってからやれよ」

大門兄がつまらなそうに答えた。「ああ。いいよ。とっとと行け」

アクセルを踏む。よく似た二匹のミーアキャットがバックミラーの中、小さくなりながらずっとこっちを見ていた。

3 小戸川と 樺沢 @小戸川タクシー

樺沢が後部座席で体をねじって小さくなっていく大門兄弟を見ている。興奮しているようだ。

「うわー。今の写真撮っておけばよかったな。ドラマで見るようなシーンじゃん」

小戸川はボソリと言う。

「いやなヤツなんだあいつ。重箱の隅をつつくような違反の取り方するし」

樺沢がやっとこっちに向き直った。「え。でもちゃんと免許あるんでしょ？」

「あるよ。視力検査は勘で当てたけどな」

「いや重箱ど真ん中じゃん。単純に怖《こ》えーし」

「大丈夫だよ。鳥目だし」

「なおさらじゃねーか」

二人同時に軽く笑った。「はは」

代田《だいた》に入ると景色が少し変わる。電柱が待ちぼうけを食らったみたいに悲しげに佇《たたず》んでる。街灯の明かりは闇の中チラチラと光る手持無沙汰のタバコみたいだ。

後部座席から樺沢が話しかけてきた。もうスマホは握っていない。

「運転手さんはなんでタクシー運転手になろうと思ったの？」

また何気ない質問だ。わかっているけど選択肢が湧水みたいにコポコポ吹き出して弾ける。この客は就活中だって言ってたからこれから先の社会人生活に希望を見つけたいのかもしれない。変なことを言ったら職に就く気力を挫《くじ》くかもしれない。夢を叶《かな》えたって方向で話すのはどうだろう。だけどタクシー運転手が夢でそれを目指していたっていう話をいまどきの若者が信じるか？　そもそも俺にとっても夢だったかと言われると微妙だし。自虐的な答えもダメだよな。急に頭の中にいつか見た光景がフラッシュバックしてきた。どこかの水辺で横たわる数人。地面が濡《ぬ》れて真っ黒で血だまりみたいだった。小戸川の額に汗が浮く。なんだっけこれ。なんでこんなの思い出してんだ俺。

「タイムオーバーだわ」

樺沢の声で我に返った。ミラーの中で笑っている。帰ってこれなくなりそうだった。客の声に合わせて小戸川も笑う。笑うことで現実に帰る。「ははは」

樺沢という大学生を練馬で降ろしたらまた一人になった。小戸川はラジオを付ける。

さっきの番組がまだ続いていた。ホモサピエンスの柴垣が食いつくように馬場に言っている。

〈今年あかんかったら解散やからな〉

〈いやマジでゆうてるんですか柴垣さん〉

〈お前と組んでるから売れへんねん！〉

〈いやいや公共の電波でそんなこと言うたらあかんやろ〉

〈黙れ兵六玉《ひょうろくだま》！〉

〈はは。なかなか聞けへん悪口やな。はい。ここで次のコーナー行きましょう。今週のニュースをぶった切る柴垣アイズ！〉

後部座席の一部がポッと四角く光った。画面に「公衆電話」と出ている。

小戸川はため息をつきながら身を乗り出して後部座席のスマホを摑んだ。耳に当てる。

〈ごめん運転手さん！　ケータイ忘れた！　戻ってきて〉

さっきの樺沢って客だ。

「忘れ物気をつけてって言っただろさっき」

〈ねえねえ。どう？　バズってる？〉

まるで意に介していない。小戸川は耳からスマホを離して画面を眺めてみる。

何かを警告するみたいに画面が瞬き続けている。

「なんか通知鳴り止《や》まないよ」

〈えマジで⁉　バズってんじゃん！〉

心底嬉しそうな声だ。小戸川は樺沢のスマホ画面をスクロールしていく。ハートのマークと矢印のマークのところの数字がバンバン増えていく。コメントも書き込まれている。

そのうちの一つが目に留まった。

〈ドブ写ってんじゃん！〉

写真を見た。樺沢と小戸川が頬を寄せて写ってる自撮り写真。その背景にリアウインドウから人に溢れた歩道が見える。そこにゲラダヒヒが映り込んでいた。ポケットに手を突っ込んで歩いている。隣の店のショーウインドウにつまらなそうな目を向けている。

コメント。

〈ドブ、指名手配されてるんじゃなかった？　いま〉

〈ドブって前に銀行強盗して捕まったヤツだろ？　マジやばいヤツじゃん〉

樺沢のスマホが震え続ける。コメントがひっきりなしに連なって、映画のエンドロールみたいに勝手に流れていく。

小戸川は呟《つぶや》く。

「マジか」

4　柿花と剛力とタエ子　@割烹《かっぽう》やまびこ

〈――警察によると、女子生徒は深夜に一人で外出し、タクシーに乗車する様子が近所のコンビニエンスストアの防犯カメラに残されていました。この後、女子生徒は行方がわからなくなっており、今月の六日に家族から警察に行方不明者届けが出されたとのことで、警察では――〉
里芋の煮物がちょこんと乗っかったカウンターに、柿花英二《かきはなえいじ》は突っ伏していた。腰が痛い。さっき清掃の仕事を終えてやまびこにやってきてはみたものの、腰が痛すぎて背筋が伸ばせない。だからずっとこの姿勢だ。

絞り出すようにして言った。

「ママ……。気が滅入《めい》るからさ、ちょっとテレビ、チャンネル変えてくれない？　もしくは消してくれない？」

やまびこの女将《おかみ》である原田《はらだ》タエ子《こ》が、突っ伏したままの柿花にちらりと目をやってから、着物の袖を押さえてリモコンを取った。テレビの音が消えたから、柿花の重いため息がよく聞こえる。自分でも暗いなって思う。

誰に聞かせるわけでもなく言う。

「最近腰が痛くてさあ」

ママが小鉢に向かって菜箸を動かしながら相手してくれた。

「あら大変。大丈夫なの？　清掃のお仕事」

ため息。

「……俺なんかいなくてもさ、現場は回るんだよ。俺なんかさ、社会から見れば掃除される側だからね。雇うほうからしてもさあ、俺みたいのより若い方がいいだろうしさ。休んだって誰も何も言わないんだよ」

慰めてほしくて愚痴っぽく言ったらママに笑われた。「あははは」

「いや笑うとこじゃないからね⁉　客が愚痴ってんだからフォローしないと」

「あら。そうなの？」

「そうだよ。ママさ、最近もう俺と小戸川のこと客だと思ってないでしょ？」

「思ってるわよ。たくさん来てくれるいいお客さんだなって。あと剛力先生も」

「……なんかさぁ、もう俺にはやまびこしか居場所がないんだからさ。せめてここにいる間はぬくもりが欲しいっていうかさ……」

「柿花さんいくつだっけ？」

「スルーだし。四十一だけど」

「婚活でもしてお嫁さん見つけたらいいじゃない」

「いやしてるからね。絶賛婚活中だから。ほら」

柿花はスマホの画面をタエ子ママに掲げて見せる。婚活サイトのプロフィール画面だ。柿花の顔写真の下に「学歴」とか「体型」とか「年収」とかの欄がある。

「高卒。やせ形。三百万円以下」

「読み上げんなよ！　傷つくから」

「いいじゃない。事実なんだし」

「良くないんだよ……。きっとこれのせいだと思うんだぁ。女性はまず男のスペックを見るだろ？　まずここで篩《ふるい》に掛けられて、俺なんか砂時計の砂みたいにサラッサラすり抜けていくわけで……」

「いいじゃない。事実なんだし」

「いやだからフォローしてって」

引き戸が開けられた。ママと一緒に顔を向けたら、近所の剛力医院の剛力院長が肩を雨に濡らして立っていた。上着の滴《しずく》を払いながら、柿花に向かって「よう」と片手を上げる。

上着をママに渡してスムーズに柿花の隣に座った。「ビールちょうだい」

湯気の立つお手拭きで手を拭いながら柿花に訊ねてくる。「今日は？　小戸川は？」

柿花は里芋を一つ口に運びながら気だるげに答えた。「今日はいないよ」

「そうか」

運ばれてきたビールを口に含んでから剛力院長が柿花に向き直った。カウンターの隣同士、こうして面と向かうとさすがゴリラ。でかい。対する柿花はシロテテナガザル。腕ばっかり長くて他は細い。小戸川に紹介された初対面のとき、柿花は剛力の体《たい》躯《く》に怯《おび》えた。小戸川が剛力を示して、「これ。ゴリラだけど俺の通院してる内科の先生」と言ったときも、心の中では「え？　そんなん言って殺されないの？」と思ったくらいだ。（ちなみに小戸川は次に柿花を示して、「おれの中学の同級生の柿花。シロ

テテナガザルはゴリラと同じ霊長目だし仲良くしてやってくれ」とか言い出した。今も少し根に持っている）

「柿花は体調はどうだ？」

「ああ。まあ腰以外は悪くないよ。剛力先生のおかげで」

「そうか。小戸川にはいつもやぶ医者って言われてるけどな」

タエ子ママが笑っている。「小戸川さん言いそう」

柿花はまた項垂《うなだ》れる。

「体調はまあいいとして、心の方がさあ……。寂しくてさあ」

「なんだ。お前も小戸川みたいに眠れないとか言い出すのか？」

「いや……。ほら俺、婚活はじめてもう二年だろ？　けどさ、もうぜんぜん進展しないわけ。なんていうか、高性能のＡＩ搭載しちゃったトレッドミルの上で全力疾走してるみたいに、速く走ろうが足を止めようが同じ場所にいるわけ。なんなのこれ」

「まあしかたないだろ。それが事実だ」

「冷た！　かかりつけ医のセリフとは思えないんだけど。ママもちょっと言ってやってよ！」

「いいじゃない。事実なんだし」

「三回目なんだけどそれ言われるの！」

三人で笑う。

「小戸川さんも来られればよかったのにねえ」

タエ子ママがそう言うと、剛力院長が少しだけ真面目《まじめ》な顔になった。

「……明日、小戸川の通院日だから、できれば今日のうちに会って話をしておきたかったんだがなぁ」

柿花は不思議に思う。

「なんで？　明日会うなら病院で聞けばいいじゃん」

「診察室には看護師もいるしな。話しづらいこともあるだろ」

柿花は急にニヤニヤする。

「あー。白川《しらかわ》さんか。そうだよな。あんな若くてきれいな人の前じゃ、心の内なんか吐露できないもんな」

「いや……、まあそれでも小戸川は、俺には結構ザクザク切り込んでくるけどな」

「白川さんかぁ……。いいなあ。あんな人が恋人だったらなぁ」

ニヤけていた顔を急に引き締めた。「あっ！　まさか剛力先生、白川さんと付き合ってるとか⁉」

「いやない。俺には妻も子もいるし」

胸を撫《な》で下ろした。「そうかあ……。よかった」

タエ子ママが苦笑いしている。「なんで柿花さんがそこで安心するのよ」

剛力院長がビールを口に含んだ。

「……どっちかっていうと、最近白川さんの方が妙なんだよな。小戸川が通院してくると妙に絡んでいくっていうか。興味でも持ってるのか」

「え?」

「うそ?」

柿花とママの声が重なった。次の瞬間に顔を見合わせて笑い出す。

「いやないないない。白川さん二十代の美人ナースだよ? 四十一歳個人タクシードライバーの小戸川に興味なんかないって! コピー用紙の表裏くらいどうでもいいって思ってるって!」

「柿花さんもほぼ同じ条件だけどね」

「うるっさいなあ……。俺は努力してんだからいいの! こうして婚活に励んでるわけだし」

「柿花、婚活うまくいってないのか?」

「うまくいってりゃこんな話してないよ……。あれか？　やっぱりあれなのか？　剛力先生みたいに『職業：開業医』とかじゃないと駄目なのか？」

「はは」

「あるいは『年収：二千万』とか……」

タエ子ママが笑いながら釘《くぎ》を刺した。「プロフィール偽ったりしちゃダメよ。後で痛い目に遭うのは柿花さんなんだから」

「うん……。でもなあ……。せめてきっかけを摑むために」

「人はお金じゃないわよ」

「そうかなあ？　じゃあ聞くけどさママ。ほんとここだけの話。傷つかないからもう正直に言ってくれない？　結婚相手に俺って」

「無理」

「早っ！　早いよ！　なんでよ⁉」

「なんでって……」

「金か⁉　さっき金じゃないって言った傍《そば》からやっぱり金なのか⁉」

「お金だってその人の能力の賜物《たまもの》なんだし、そりゃ大切よ」

ふてくされる。

「ママはほんとの愛を知らねーんだよ」

剛力先生が口を挟んできた。「柿花と結婚したときのメリット言ってやれ」

指を折りながら数え上げた。

「ええとまず……、殴らず。賭けず……」

「なにあたりまえのこと非核三原則みたく言ってんのよ」

また三人で笑った。「あははは」

5 小戸川と剛力と白川　＠剛力医院

小戸川は時間通りにやってきた。ぶっきらぼうな態度と物言いをするけど律儀なやつだ。
剛力は椅子を回して小戸川に向き直った。白衣の裾が揺れる。看護師の白川さんがカルテを胸に抱えたまま、なぜか小戸川とのやりとりを聞いている。
「どうだ小戸川、眠れてるか?」
小戸川がゆっくり唇を割った。「落語聞きながら寝るんだけど……、もう覚えちまったよ。やぶ医者が」

　また言われた。剛力は心の中で苦笑する。「そうか。落語って笑風亭呑楽《しょうふうていどんらく》師匠のか？」

「そうそう。よく知ってんな」

「まああの人、ワイドショーとかにもコメンテーターとしてよく出てるからな。知ってるか？　N－1の審査員もやってんだぞあの人。それに呑楽の落語は情景がスーッと広がって聞きやすいんだよな。語り口って言うのかな。同じ言葉でも呑楽の喋《しゃべ》りだと深みが増すっていうか」

　小戸川が何も言わないから訊ねてみた。

「どうした？」

「いやよく喋るなって。まさか呑楽のキーワード一つでこんな長尺使われるとは思わなかったわ。ていうか、俺にとってはあの落語、お経より退屈だけどな」

　白川さんが割り込んできた。

「それだけ無心になって眠れないってよっぽどだね。小戸川さん、落語ってインターネットとかで聞くの？」

「いや、カセットテープだけど」

　白川さんが小首を傾《かし》げた。「カセットテープ？」

　剛力はなぜかちょっと嬉しくなる。

「カセットテープとか、最近の子は知らないんだよ。〝巻き戻し〟とか言われてもわかんないんだってよ」

　小戸川が真顔で言う。

「いやわかるだろ。俺らだって使ったことないけど蓄音機とか昔の磁石式電話機とか知識として知ってただろ。映画とか観《み》てたら出てくるだろ。ジェネレーションギャップアピールいらねえんだよ」

　白川さんと一緒に剛力も真顔になった。「……小戸川」

「ん」

「早いとこ結婚したらどうだ？」

「ウィーアーザワールドのブルース・スプリングスティーンより唐突だな」

　剛力は嬉しくなる。「アル・ジャロウのあとに入ってくるやつな？」

「ビクッてなるよな。初見のとき」

「でもMVPで言ったらやっぱりブルース・スプリングスティーンだと思うけどな」

「確かに後半のスティービー・ワンダーに一歩も引かないあの姿勢はすごいけど」

「でもあれ別撮りだから、ブルース・スプリングスティーンの方が先」

「何回ブルース・スプリングスティーンって言うんだよ。言いたいだけだろお前」

「言いたいだろブルース・スプリングスティーンは」

身を乗り出してわあわあ言っていたら白川さんに「先生」と呼び止められた。

「次の患者さんがお待ちですので」

「あ……」

小戸川が呆《あき》れた目で剛力を見ている。剛力は少し照れながらカルテを手に取った。

「まあ、あー。なんだっけ。あれだ。結婚したら眠れるんじゃないか？」

「適当すぎるだろ。俺今日ブルース・スプリングスティーンの話しかしてないんだけど」

「呑楽の話もしただろ」

「やまびこで飲んでる気分だわ。結婚したら眠れるってそれもう医者の敗北宣言だろ」

「強めの薬出しとくよ。小戸川お前、これから仕事だろ？　すぐに飲むなよ」

「わかってるよ。いいよなあんたは。ストレスとか悩みとかと無縁そうで」

小戸川にそう言われて剛力は表情に迷う。悩みがないわけじゃない。現在進行形でかなり困ったことが起きている。そしてその原因もなんとなく察しているから、それが悩みをさらに深いものにしている。

診察室のドアを出る小戸川の背中に呟いた。

「……俺にだって、抱えてる面倒事の一つや二つあるさ」

剛力は白衣の首筋に視線を感じる。

この部屋には、自分と白川さんしかいない。

6  小戸川と  大門兄 @剛力医院駐車場

腹を空《す》かせているだろうし、そろそろ一度家に帰らないといけない。医院を出てタクシーに戻ろうとしたら、車の中を誰かが覗き込んでいた。活動服を着た警官だ。

「おい。何してる」

声をかけたら大門兄が振り返った。鋭い目で小戸川を見てくる。睨《にら》んでいるみたいだ。

「お前が、練馬の女子高校生失踪事件に絡んでるっていう情報を得たんだよ」

小戸川は目だけ動かしてあたりの様子を窺《うかが》った。いるのは大門兄一人だ。弟も、他の警察官もいない。そしてここは小戸川の家じゃなく剛力医院の駐車場だ。

「なんでここにいるってわかったんだ」

何でもないことのように言われた。

「お前の家にも行ったさ。まあ、車なかったし、無理やり玄関こじ開けて家の中調べてやろうかとも思ったけどな」

「で、家をやめて車をこじ開けようとしてんのか？」

運転席側の窓からじろじろ車の中を覗き込んでいる。「お前が協力したらそんなことはしない」

様子を探りながら言う。大門兄は、指名手配犯のドブとつるんでいる。どういうつもりだ。

「本当に捜査なのかこれ。なんでお前一人なんだよ」

質問と別の事を言われた。

「やましいことがないならドア開けてくれ」

躊躇《ためら》いながらも従うことにした。開いたドアから半身を車内に滑り込ませて、大門兄がダッシュボードを開けたり、座席を叩《たた》いたりしている。

目をバックミラーのあたりに向けた。ミラーにはヘルメットをかぶったアヒルの人形がぶら下がっている。そのミラーの上にカメラがある。

「これ……。車内撮影ができるタイプのドライブレコーダーだな」

小戸川は答える。「ああ」

「録画の保存期間は？」

「客の乗り降りや動きを感知して録画するイベント方式だから、だいたい二週間くらいかな」

「じゃあ映ってるな」

断言された。「何が」と訊ねようとしたら、その前に答えられた。

「お前、乗せたんだよ。行方不明の練馬の女子高校生」

小戸川は眉を寄せた。不快な気分だ。「俺が？」

大門兄は躊躇いなくドラレコに手を伸ばした。側面を押してSDカードを取り出す。

「データはこちらで預かる。押収ってやつだな。何かあったらまた捜査に協力してもらう」

「…………」

車から出てきて一瞬だけ小戸川を見た。

「ただし、警察には言うな」

小戸川は喉を鳴らす。声が掠《かす》れないよう意識して言った。

「お前は警察じゃないのかよ」

「俺以外の警察には言うな」

「もし言ったら？」

大門兄はもう歩き出していた。路肩に止まっているパトカーに向かい、小戸川に背中を向けたまま淡々と告げる。

「わかんないけど、拳銃持った指名手配犯が来てお前を殺すんじゃない？」

7 小戸川と白川 @小戸川タクシー

後部座席に白川さんがいる。ミラーに映っている。

小戸川はとりあえず言った。

「勤務終わりにタクシー乗るって、ナースって儲《もう》かるんだな」

白川さんがミラー越しに小戸川を見た。少し意外そうに言う。「私のこと覚えてるんだ」

「何度か剛力のところで会ってるから」

「覚えられてないんだと思ってた」

「そんなわけないだろ。この辺でアルパカはあんたしかいないし」

「アルパカ?」

「そう」

白川さんが笑い出した。「ふふ」

いつものラジオ番組でホモサピエンスの二人が掛け合いをしている。小戸川は聞くともなくそれを聞いている。バックミラーに映る白川さんが気になる。どんな表情をしているか気になるからミラーを見てしまいそうで、そうなって彼女と視線が合うことを恐れている。

次にどんな顔をすればいいのかわからない。

〈いや。うちらの単独ライブ大盛況でしてん〉

柴垣の声。続く馬場の明るい声。〈おかげさまでチケットもソールドアウトでね!〉

〈まあ穴ウサギの巣かなってくらい小さい箱やったんですけどね。ああもう。はよバイトやめたいなぁ〉

馬場の明るい声。〈僕はやめましたけどねバイト〉

〈はあ? ネタも書いてへんお前が? 何で?〉

〈いや彼女に食わせてもらってるんで……〉

〈クソやな〉

〈彼女がやめていいって言うたんで〉

〈………〉

柴垣の重い声。〈うちら、なんでテレビで売れへんねやろな〉

〈うーん〉

〈こないだ一心不乱にエゴサーチしてて〉

〈いややめとけや〉

〈『ホモサピエンス　面白』で検索したら、まー面白くないの嵐〉

〈よくないってエゴサーチ〉

〈笑いって知性と教養がないとわかれへんやん。要するにアホなんやろ大衆！〉

〈始まったよ……〉

〈ほんで偉そうに批判してくるわけ。黙っとけよアホンダラ！　ええか！　クリエイターってのは一方通行やねん！　参加しようとすんな！　世の中の価値に迎合してまうから創造性に蓋をして結果凡庸になんねん！　素人が！〉

〈いやでも消費者のニーズに〉

〈いやいや俺らは家電作ってるわけちゃうねん！　こっちの独りよがりでええはず

「いや！　こないだの単独ライブかてドッカンドッカン笑い取っとったやろ？　わかる奴《やっ》らにはわかんねん！　基本的にお笑いっていうのは〉

〈あメール来ました！　東京都長嶋聡くん高校生〉

〈またコイツかい！〉

〈えー。こんばんは。単独ライブ見に行きました。まず単独ライブは基本、ファンが行くのでウケるのはあたりまえです。自信と過信をはき違えないでください〉

〈…………〉

〈あと、煩悩イルミネーションと比べて圧倒的に華がないです〉

〈…………〉

〈ええと……。追伸。単独ライブのトリのネタ、勢いでごまかしてましたが、活字にすると面白くないです。頑張ってください〉

〈もうそいつここ呼べや！〉

白川さんがいつの間にか、ミラーの中の小戸川を直視していた。

「もしかして気まずい？」

「え……？」

「ずっとラジオ聞いてるから」

スイッチを押し込んだ。ホモサピエンスが黙る。「いや……。気まずいっていうか、その……。毎週聞いてるから習慣で」

同じトーンで聞かれた。

「ねえ小戸川さん。なんで眠れないの？」

少し迷って答えた。

「眠り方がわからなくなったんだよ。どうやってたっけって」

「ねえ。眠りに落ちるいい方法教えてあげよっか」

「いい方法？」

「うん。あのね。――羊を数えるの」

「いやまるで自分が発見したみたいに言うけどいにしえの昔からあるからそれ」

「あとさ。シンディ・ローパーだと思う」

「何が」

「ＭＶＰ」

「ウィーアーザワールド見たのかよ」

ミラーの中で白川さんが笑っている。少女みたいな笑顔だ。

ひとしきり笑った後白川さんが妙なことを聞いてきた。

「ねえ小戸川さんは好きな人いないの？」

なんだその質問。三十年ぶりくらいに聞いた言葉って感じだ。

「いないよ」

「もったいない。恋をすると人生楽しくなるよ。いま恋しとかないと後悔するよ」

「そんな年頃でもないし」

「まだ四十一でしょ。これからだって」

「なんで知ってんだよ」

「カルテ見たし」

「個人情報ヌルヌルじゃねーか」

「ご家族は？」

「……気づいたらいなくなってた」

「いつ？」

「小学校の高学年のとき」

「そこからどうやって生活してたの？」

「育英会みたいなものがあってそこから給付金をもらってた」

「なんでタクシー運転手になったの？」

とりあえず堰《せ》き止めた。「圧迫面接かよこれ」

「ごめんなさい。踏み込みすぎたかな」

白川さんが黙ったから小戸川は口を開く。

「……人と深く関わるのは面倒だけど、関わらないと寂しいからだよ」

「……変な動機」

「否定はしない。やってみたら案外性に合ってたんだ。俺、人の顔覚えるの得意だし」

「前に乗せたお客さんのこと覚えてるとか？」

「ああ。ほぼ全員覚えてるな。どこまで運んだとか何話したとかは忘れてるけど」

「全員ってどういう意味？」

「今まで乗せた客って意味」

「うそ」

「ほんとだよ。客商売なんだからあたりまえだろ」

「小戸川さん、タクシー運転手になって何年？」

「二十年くらい」

「ありえない。それって一種のギフテッドなんじゃないの？」

「そんなもんじゃないよ。俺のことはいいんだ。それより」

さっき白川さんは「後悔」って言った。その時悲しそうな顔をした。

「……あんたは何か後悔してるのか？」

少しの間。

「……看護学校行くのに奨学金を借りたことかな」

「なんで後悔してるんだ」

「あの頃は意地張って親に頼りたくなかったんだけど、頼ってみればよかったかなって」

「まだ返せてないのか？」

「返せたよ。返せたけど」

また黙った。小戸川は質問を変える。

「あんた生まれはどこなんだ？」

「宮崎」

「ちょっと宮崎民謡歌ってよ」

歌声が聞こえてきた。庭の山椒《さんしょ》の木がどうとか張りのある声で歌っている。

「いや歌えるのかよ。歌えるわけないじゃんみたいなの前提で振ったのに」

まだ歌っている。少しだけ頬を染めて嬉しそうに。

「なんか歌もちょっと怖いし」

「知らない？　ひえつき節」

「自分の故郷の民謡すら知らないわ。すごい郷土愛だな」

唇だけで笑っている。

「だから……。幸せな家庭を作って宮崎の両親を安心させてあげたいんだ」

ゆっくり口を開いた。

「あんたは……」

「白川美保《みほ》」

「白川……、さんは、好きな人いるのか？」

「いるよ」

「ふーん。どんな人？」

「うーん。言葉にするの難しいな」

「写真とかないのか？」

「あるよ。見たい？」

「見たい見たい。柿花に教えてからかってやる」

スマホを渡された。前を見たままそれを受け取って、信号で停止したから画面を見た。黄色いキャップをかぶったセイウチが映っている。下から映した小戸川の顔だ。

「……なんか、インカメラになってるんだけど」

自分の顔を見つめたままそう言った。我ながら年を食ったなと思う。目死んでるし。相変わらず首ないし。

「あれ？　そう？」

白川さんが後部座席から身を乗り出してきた。車内の匂いが変わる。花の匂いみたいだ。

小戸川は言う。「うん。血色の悪いセイウチしか映ってないんだけど」

白川さんが笑った。

「じゃあ、ちゃんと映ってるよ」

8  小戸川と  柿花　@池袋のサウナ

「ええー……」

白川さんとの出来事を話すのにすごく時間がかかっていつもよりずいぶん汗を掻い

ている。柿花と会うのはタエ子ママのやまびこか、池袋のこのサウナのほとんど二択だ。

話を聞き始めた最初のあたりは男子高校生みたいに鬱陶《うっとう》しく「えそれってつまり」とか「いやいやいやありえないっしょ」とかうるさかったのに、途中からほとんど何も喋らなくなった。今は小戸川の隣で菩提樹《ぼだいじゅ》の下のお釈迦様《しゃかさま》みたいな顔になっている。

柿花の魂が飛んで行きそうだからとりあえず声をかけた。

「もういろんなもの超越して仏さんみたいになってるじゃねーか」

「………」

「何か言えよ」

柿花が真顔で言う。

「ちょっと待って……。今整理してるから。――いやいやいやそれチャンスだろ。パンドラの箱の底に残された一かけらの希望だろ」

「なんのチャンスだよ」

「だって考えてもみろよ。俺らこのままいけば独身コースまっしぐらだよ？　あんな綺麗《きれい》な娘さんゲットしたら大金星じゃん」

「そんなんじゃないって」

柿花が不満そうに唇を尖らせて小戸川を見ている。

「白川さんのこと、嫌いなのか？」

少しだけ言い淀《よど》んだ。「嫌いじゃないけど……」

「好きなのか？」

「いや好きってことも別に……」

「好きか嫌いかで言うと？」

「なんで白か黒かで答えろという難題をつきつけるんだよ。ミスチルかよ」

「いやだからどっち寄りか聞いてるんだよ」

「まあ……、好き、寄りかな」

「どれくらい？　好き度のサイズ感的に」

「……米国のサプリくらい」

「ある種でかめじゃん！　いやー。やばいねこれ。慎重に行っても積極的に行っても

やばいね。女心と秋の空っていうし、鉄は熱いうちに打てってのもあるし、かといっ

てグイグイ行ったら必死だなこのおっさんって思われるだろうし塩梅《あんばい》がなぁ。難しい

なあ」

柿花がなんだか嬉しそうだ。「俺だったらそうだなぁ……、ちょっと焦《じ》らして冷た

く接しといて、病院で会った時とかに優しく微笑《ほほえ》んで」

「うるせーよもう」

「うるせー⁉ 俺の渾身《こんしん》のアドバイスを⁉」

「なんで婚活中の柿花にアドバイス受けてんだって思ったら途中からノイズだったわ」

柿花がちょっと真面目な顔になった。

「でもさ。小戸川の両親が帰ってきた時に嫁でもいりゃあさ、そりゃさぞかし喜ぶだろ。孫の顔も見せてやりたいだろ？」

少しだけ考えてから口を開く。

「……それより、両親がいなくなった俺に生活費を送ってくれた人に幸せな姿を見せたいな、とは思うよ」

「ああ。なんとか育英会みたいなとこだろ？」

肯《うなず》いたら、また柿花の表情が小学生男子みたいに戻った。

「でもいいなあ……。正直羨ましくってしかたないぜ。呪い殺したいくらい」

「直接やれよ回りくどい。……でもまあ、なんていうか、怖くもあるんだ」

「……なにが？」

「人を好きになるの」

「は⁉　なんで⁉」

「人を好きになるってのはその人のことを信じるってことだろ。信じる人を増やすにはものすごく体力がいるし、それに耐えられそうにない気がする」

「意味わからん……」

「柿花は、好きな人に何か言われたら無条件で信じるだろ？」

あっさり肯かれた。「うん」

「それ、お前の才能だから。数少ない」

「後半いらなくね？　ていうか、『この言葉はホントかな？　この言葉はウソかな？』なんていちいち考えてたら、本気の恋愛なんてできないだろって俺は思うよ。うん」

「お前、誰かを好きになったり嫌いになったりするのに抵抗ないだろ」

柿花が鼻息を吹き出した。

「あるわけないだろ。もったいない」

小戸川は背中を丸めてため息みたいな息をつく。

「そして誰かを好きになってはフラれるたびにしっかり絶望する」

「うん。その通り――ってなに⁉　さっきから間接的に俺を貶《おとし》めてない？　何これ地味ないじめ⁉」

「違う。信じてないやつのことは心から好きにはなれないし、信じてるからフラれたら傷つくんだ。何も信じてなきゃ誰も絶望なんかしない」

「…………」

「……なに？」

「いや……、なんか急に真面目なこと言い出したなって思って」

一呼吸置いて言った。

「俺実は前世の記憶があるんだ」

「えマジで⁉　そうかあ。なんか小戸川は普通とちょっと違うぞって思ってたけど」

「いや嘘だけど」

「いやー。やっぱりそうか。妙に納得できるもんな」

「いやだから嘘だって」

「え嘘なの？　マジで⁉」

「ほら信じた。なんでそんなあっさり受け入れるんだよ。無地白色のキャンバスかよお前」

「…………」

「柿花。変なのに騙《だま》されないよう気をつけろよ」

「……うん。気をつけるよ」

サウナに来ても小戸川は湯船に浸《つ》からない。だから大抵柿花より少しだけ先に風呂を上がる。

今日も同じだ。脱衣所で服を着込んだあたりで体から湯気を立ち昇らせた柿花がやってきた。

腰にタオルを巻いたままベンチに腰かけてスマホを見ている。柿花の方からカシャリとシャッターの音がした。

小戸川は声に怒気を含ませる。

「おい写真撮るなよ。ここ脱衣所だぞ」

「いいじゃん。どうせ俺らしかいないんだしさ」

「そういうんじゃなく禁止って書いてあるだろ」

まるで聞こえていないみたいだ。

「ほらー。小戸川最近やまびこに来ないだろ？　だからタエ子ママが寂しがっててさあ。写真だけでも元気な小戸川見せてやるんだ」

柿花がニコニコしたままスマホに目を落としている。

「ん？　メールだ。メールが来たよ」

タップした。「お！　婚活サイト経由でメッセージ来たよメッセージ！」

画面を見た柿花の目が大きく開かれていく。一・五倍くらいになったところでパカリと口も開いた。「うそ。うそうそうそうそ！」

柿花の声が裏返っていく。高止まりした。

「小戸川ぁ……」

気持ち悪く笑い出した。声がピンク色に溶けている。

「俺にもやっと……、春が来そうだぁ」

9　二階堂ルイと今井　ミステリーキッスリリースイベント　@秋葉原

さっきのライブ、正直どうだったんだろうと思っている。
客がほとんどはけた後のイベント会場で、二階堂《にかいどう》ルイは笑顔のまま心の中で舌を打った。
今日の箱のキャパが三百。実際来たお客は百五十前後。全然だ。予想の半分以下だ

こんなの。渋谷の大型ビジョンで一週間十五秒のスポット広告を打つのに百万円近くかかったって山本《やまもと》マネージャーは言っていた。リリースイベントとその後の握手イベント、あと、今やってる物販の売り上げなんか良くてせいぜい数十万円だ。性質《たち》の悪い赤だ。先行投資にすらならない。

ミステリーキッスの門出の日なのに。

物販を担当しているのは、ルイと同じミステリーキッスメンバーの市村《いちむら》しほと三矢《みつや》ユキだ。二人とも揚羽蝶《あげはちょう》みたいな仮面を顔につけている。山本さんは雑誌とかから取材を受けるたびにこう言う。「だってミステリーですからね。二人の素顔はこれからのお楽しみですよ」

十八歳のルイにだってわかる。名前も実績もないのだ。そういうふうに売るしかないっていうのはわかるけど、それが各方面に亀裂を生じさせるっていうのもよくわかっている。実際、今、長テーブルを二つくっつけた物販スペースに立って、市村と三矢が仮面の向こうで仏頂面をしているのもわかっている。センターのルイだけがこうして顔を出して客たちと接している。

でもしかたがない。私と並び立つだけの力を持たない二人が悪いのだ。

二階堂ルイは満面の笑みで、チェキを待っている客の腕を抱いた。背の小さい二階堂の顔に客の鼻息がかかる。表情は笑顔のまま。自分の本心すら精神力で黙らせて心からの喜びを表現する。

「応援してくれてありがとう！ うれしい」

私はプロだ。プロっていうのは、自分の商品価値と仕事の内容を完全に理解している人間ってことだ。目的を見失いさえしなければ必要な行動は自《おの》ずとわかる。今は客を摑まなきゃいけない。それを最優先すべき時期だ。

知った顔が現れた。今井《いまい》さんだ。一年前の結成イベントの時からミステリーキッスを追いかけてくれてる数少ない太客だ。優先度は高だ。

なかなか離れてくれない前の客をマネージャーの山本が「時間です」と引きはがした。ルイは笑顔のまま対象を今井に切り替える。声に弾みと嬉しさをプラスした。

「今井さん！ また並んでくれたんだ！」

今井の顔が弛《ゆる》んでいる。とけかけたバターだ。

「あたりまえじゃん！ ルイたんのデビュー、ずっとずっと待ってたんだから！」

マネージャーの山本が真顔のままポラロイドカメラを構えた。

「じゃあ撮りますよ。いいですか」

ルイは今井の腕を摑んで体を寄せる。「ね。どんなポーズする？」

今井がデレデレになっている。顔が真っ赤だ。

「うーん。ハートと腕組みはもうやってもらったしなぁ。どうしよっかな……」

「じゃあ今井さんだし、ハグなんてどう？」

ボッという音がしそうな勢いで今井の顔が赤く染まった。「え、いいの⁉」

「だって今井さんだもん！」

抱きついた。今井の体が熱い。同時にシャッターの音。

今井がのぼせたような顔になっている。少し声を震わせて言った。

「ルイたん……。デビューシングル、絶対買うからね」

ルイは今井から離れ、少しだけ憂いの顔をつくって呟くように言った。

「うん。ありがとう。でも……、売れるかな。不安なんだ」

今井の声もルイのテンションに合わせて低くなった。

「もしかして……、厳しいの？」

「……わかんない。けど、今日も思ったより人少なかったし……」

泣き出しそうな顔を作る。今井が勝手に追い詰められて、勝手に約束を重ねていく。

「俺五枚……、いや十枚買うから！　だから落ち込まないでルイたん！」

悲しげな笑顔を今井に向けた。今井は何があろうと二階堂ルイを全肯定する。きっと、「ミステリーキッスのファンをやめて」っていうお願い以外、どんな願いだって聞いてくれるだろう。

「うん。本当にありがとう今井さん」

今井が照れている。頭を掻きながら言った。

「俺……、思ったんだけどさ、市村さんも三矢さんも仮面なんかやめた方がいいよ。素顔の方がいいと思う。俺、チェキのときはてっきり仮面外すもんだと思ってたもん」

そう言って、物販のテーブルに並んでいる市村と三矢に目をやった。小声で続ける。

「あれじゃ誰もチェキ撮りたがらないよ。かわいいのに……」

急に声を高くした。「あ！　かわいいってもちろんルイたんほどじゃないけどね！」

ルイは唇だけで悲しげな笑みを浮かべる。

「でも……、あの仮面はミステリーキッスのデビューの条件なんだ」

今井が複雑な顔になった。

「そっかあ……。最近匿名性を売りにしたアーティストとか多いもんね。これも大人の事情ってやつなのかな……」

モジモジし始めた。

「あのさ……、あと……、余計なこともしんないけど一応言っておくね。あのさ、三矢さん、ダンスのキレ悪くなったよね。具合でも……、悪いのかな？」

「…………」

「あ！　ごめんね！　変な意味じゃなくて……」

「ううん。今井さんがミステリーキッスのことを思って言ってくれてるのちゃんとわかってるから。……三矢さん、バイトもレッスンもしながら家で動画配信もしてるから疲れてるのかも」

「ああ……。大変だね。ルイたんは無理しないでね」

「うん。ありがとう。――はい、今井さん。チェキできたよ」

「わあ！　ルイたんありがとう！　俺さ！　俺もっとお金持ちになってさ、それでCDもグッズもいっぱい買うから！　今はさ、あの、キャバクラのボーイだけどもっと」

時間だ。山本マネージャーが鉈《なた》でも振るうみたいに断ち切った。

「お時間です。ありがとうございましたー」

楽屋には二人きりだ。山本マネージャーと二階堂ルイ。残りの二人、市村しほと三矢ユキには仮面をつけたまま路上で立ち売りを続けてもらっている。二人とももののすごく不満そうだった。そりゃそうだ。自分ならやってられないってルイだって思う。センターの私だけ素顔で二人は仮面で顔を隠している。センターの私だけ楽屋で二人は秋葉原の路上だ。舞台衣装のまま街頭に立って、売れ残ったグッズを手売りしている。でも私は実力でこの地位を手に入れたんだ。だから悪びれる必要なんかない。

山本マネージャーがスマホを見て満足げな顔をしていた。

「想像以上上だ。上出来だよ二階堂。リリースイベント、ネットニュースにも取り上げられてる」

ルイは即答する。「全然だよ。大々的にCM打った割には売れてない。今井さんみたいな太い客をもっと増やさないと」

山本マネージャーが思い出すようにして言った。

「あの今井って男……、ミステリーキッスお披露目ライブの五人の客の中にいたんだよな」

ルイは山本マネージャーと目を合わせずに言う。

「……そうだね。たぶん、あの頃から追ってくれてるのはあの人だけだと思う」

「そうか……」

山本マネージャーの手の中のスマホが鳴り出した。山本マネージャーが右手を少し上げて立ち上がった。電話に出る。

「はい。山本です。はい……。ええ、滞りなく。ええ……。はい、半分ですよね。もちろん」

ルイは山本マネージャーの口ぶりから察する。今日のリリースイベントの実入《みい》りの分配の話だ。てことは、電話の相手は例の男だ。山本マネージャーも私も絶対に逆らえない相手。

山本マネージャーが声を低くした。

「え？　ドラレコのデータを探すんですか？　……ええ、はい。探してみますが、そのタクシーの運転手の名前は……？　え？　わからないんじゃちょっと……」

山本マネージャーの大きな背中が丸くなっていく。「ええはい……。ですよね。わからないからこそ、ですよね。わかりました」

無理難題を吹っかけられてるのが態度で伝わってきた。この人はこんな役ばっかりだ。

――まあ、それは私だって同じか。

通話を終えた山本マネージャーが額に汗を光らせたままルイに向き直った。

ルイは言う。「なんて？」

山本マネージャーが自分に言うみたいにして言った。

「大丈夫だ。気にしなくていい」

汗を浮かべた山本マネージャーの顔を見てルイは思う。

選択肢がないのは、奴隷といっしょだ。

10　小戸川と今井とホモサピエンス　@小戸川タクシー

秋葉原を流していたら、妙に明るいスカンクが小戸川のタクシーを停めて乗り込んできた。

声も明るい。

「すみません！　二千円で新宿までお願いします！」

小戸川は淡々と答えた。

「ここから新宿までだと三千五百円くらいかかるよ」

「いやそこをなんとか……！」

「じゃあ行けるところまで」

「いや新宿までお願いします！」

「値切り方が強引でもはやキモいな」

スカンクがアライグマみたいに手を擦り合わせている。

「お願いしますよお。お金ないんすよ」

あきらめた。サイドブレーキを解除する。「しかたねーな」

ミラーの中でスカンクが明るく笑った。「あは」

車が走り出してもスカンクは鞄《かばん》を漁《あさ》ったりキョロキョロしたりずっとちょこまかしていた。鞄から紙切れを取り出してスマホと照らして勝手に落胆している。

「あーもう！　ぜんぶ外れだよ」

落ち着きがない。

「宝くじなんか買う金あったらタクシー代くらい残しとけよ」

言ったらスカンクが慌てだした。

「違うんすよ。ミステリーキッスのＣＤ買うのに使うから金ないんです」

なんとなく聞き覚えがあるけど名前の響き以外に何一つ関連情報が浮かんでこないからそのまま聞き返した。「ミステリーキッス？」

「知らないんすか⁉　デビューしたての三人組アイドル！」

「デビューしたてなら知らないだろふつう」

スカンクが後部座席でうっとりしている。

「苦節二年……。ようやくデビューですよ」

「苦節短いな」

「思えば一年前……、偶然入ったライブで彼女たちと出会ったんすよね。あの時は俺含めてお客が五人しかいなかったんです。それが今日……、あんなにたくさんのファンが駆け付けて……！　なんか、嬉しいような寂しいような複雑な気分で……。あ！　でもその分ね、俺はお前らと違って前から彼女たちを知ってんだぞ。どうだ！　あのたった五人の中に俺はいたんだぞって優越感もあって……！　あの時の衝撃は忘れられないなぁ……。センター、二階堂ルイの圧倒的なオーラ！　ジャニス・ジョプリンを彷彿《ほうふつ》とさせるような歌唱力！　そして、天性のアイドル性とは裏腹にあふれ出るようなむき出しの向上心！」

「へー。あんた」

「で！　三矢ユキの身体能力の高さを裏付ける高次元のダンス！　さらには市村しほの等身大の控えめさ！　三者三様にキャラが立ってるし、まさに三位一体っていうか……、いや完璧《かんぺき》っていった方が」

座席から腰を浮かせていたスカンクがふと我に返った。

「運転手さん、さっきなんか言おうとしました？」

「いや……、よく喋るなあってのもあるけど、キャラが尻すぼみに弱くなってくな」

スカンクが座席にふんぞり返った。「そりゃなんたって俺は二階堂ルイ推しだもの！ルイたん応援アカウント作るくらいですよ！」

「へえ」

「でね！　でね今日がデビューCD予約イベントだったんですよ！　CDにチェキ券が付いてて、買えばその枚数だけチェキが撮れるんですよ！　二階堂ルイを独り占めできるんです！」

「じゃあ百歩譲ってその宝くじ買う金でCD買えよ」

「なに言ってるんすか！　そんなんじゃ買えてもCD数枚じゃないですか！　それなら宝くじドンと当てて二階堂ルイを独り占めしたいんすよ！」

「うっすい確率に賭けてんな」

それからもスカンクは喋り続けた。そのせいで聞いてないのにいろいろ知った。スカンクの名前は今井っていうこと。今はキャバクラのボーイだけど、ミステリーキッスのためにもっと金持ちになるって決意していること。その方法がいまのところ宝くじであること。

そんな話をしているのに屈託がなくて憎めない若者だ。

新宿が近づいてきた。今井に言う。

「新宿入ったけど、この辺でいいか？」

「オッケーっす！　二千円でサーセン」

ドアを開けた。今井が明るく笑って訊ねてくる。

「あの、参考までに運転手さんの好きな数字七つ聞いていいですか？　三十七までで」

小戸川はスマホを見る。数字と聞いて思い出したからだ。

さっき柿花から画像が送られてきていた。サウナの脱衣所で柿花が写した、ロッカーの前に立つ小戸川の写真だ。小戸川の背景に番号の書かれたロッカーが蜂の巣みたいに並んでいる。

そこから適当に数を拾った。

「2番、10番、12番、18番、20番、32番、33番」

「あ！　なんか良さげですね！　さっそく買ってきます！」

ドアから勢いよく出て行った。町の明かりに向かって走っている。

「おい金持ってたのかよ！　……ったく」

スマホをポケットに戻そうとしたら新着のメッセージが表示された。

アルパカの後ろ姿のアイコン。そしてメッセージ。

今から会えませんか

リアウインドウがノックされた。イノシシが窓越しにこっちを見ている。

「ごめん乗れるー？」

二人連れだ。もう片方は馬。二人ともスーツ姿だけど社会人っぽくない。そして声に聞き覚えがある。

小戸川が後部座席のドアを開けると二人が乗り込んできた。イノシシの方が言う。

「すいません休憩中。ジャパン放送まで」

走り出すと後部座席で二人並んでスマホを見始めた。馬の方がイノシシに訊ねている。

「何見てるん？」

「なんか収録のネタになるもんないかなぁ思て。見てみこれ。『歌ってみた』とかこういうの腹立てへん？」

「あー、わかるわ。ふつうにその音楽聴きたいのにな」

「たまに感動するやつあるけどな」

妙な間が空いた。馬が噛《か》みながら突っ込む。

「ど、どないやねん！　か、感動するやつあるんかい！」

「遅いって。ほんでお前は何しててんねんさっきから」

「え？　スマホゲームやけど。ズーデン」

「ズーデン？」

「めっちゃハマるねんてこれ。動物育てたりしてランキング上げんねんけど」

「育てられる側のお前が何を育てることがあんねん。そしてお笑いランキングを上げろ最下位が」

「俺お笑いランキング最下位なん⁉」

「プロの中でちゃうぞ。全人類でやぞ。勘違いすんな」

「全人類でお笑いランキング最下位なん⁉」

思わず吹き出した。「ふふ」

「？」

「あ、ごめん。知ってるよ。ホモサピエンスでしょ。いつもラジオ聞いてるから声でわかった」

イノシシの方はボケ担当の柴垣だ。柴垣が運転席に身を寄せて言う。

「あ、そうですか運転手さんうれしいなあ。でも今俺ら見て吹いたでしょ」

「いや……、ホモサピエンスなのに馬とイノシシなんだって思って。顔は初めて見たから」

馬の馬場とイノシシの柴垣が顔を見合わせた。次の瞬間に柴垣が「ふは」と声を漏らす。

「ええやんけ。ええやんその摑み。運転手さん、それいただいても構いません？」

「え……。いやよくわからないけど、どうぞ」

「顔覚えてもらうんにちょうどええよ。こう、俺らが舞台に出て『どうもホモサピエンスでーす』いうやろ？　そんで馬場が『いや柴垣さんイノシシやないですか』てな？　そんで俺が『お前は馬やけどな』いうて、ほんでも一度、『ホモサピエンスでーす』て」

馬場が苦笑いしている。「ウケるかなあ」

「ウケる以前の問題やねん。俺らの知名度と認知度どんだけやと思てん。定期預金の金利より低いねんぞ。まずは顔と名前売らんことにははじまらへんやろ。スタートライン見失ってんねん俺らはもう」

小戸川は少しだけ嬉しくなって言う。「そういえばN‐1予選どうなったの？」

馬場が声を明るくした。「二回戦突破ですわ！」

「すごいじゃん」

会話の内容と裏腹に、柴垣が急に重い声になった。ポツリと言う。

「なあ馬場。俺が解散するって言うたらどうする？」

馬場も笑顔を引っ込めた。まるで詫《わ》びるような声で答える。

「……しゃあないなって思う。――俺は、お笑いとかようわからんけど、なんか……。あんまこんなこと言いたないけど、俺が心の底からほんまにおもろいなって思うのは、お前やねん」

柴垣が黙っている。

「先輩も言うてたもん。柴垣は才能あるって。いつか売れるって。だから俺がほんまに足引っ張ってんねやったら身を引くべきやと思ってる」

柴垣が口を開いた。

「ちゃうやん。身を引くどうこうやなくて、先輩にそんなん言われて悔しがれへんのが致命的やねんて」

　馬場が突然切れた。

「しゃあないやろ悔しないんやから！　ほなお前感情をコントロールできんのかい！　そんなんできたらこの世から片思いとかなくなるやろ！」

「なんやおもろいやんけその感じ！　もっと公共の電波に乗せていけやそういうの！」

「そういうのがおもろい言われてもどうしてええのかわからへんねん！」

「その追い詰められて開き直ってる感じや！」

「あんだけガーッ言われたらそらそうなるやろ！」

　急に柴垣がこっちに顔を向けた。「運転手さん。こいつ中学ん時ね、女子と殴り合いのけんかして引き分けよったんですよ」

　我慢できなかった。笑う。馬場が切れている。「関係ないやろ今！　それ関係ないやろ！　もっとも触れられたくないパーソナルな部分やんか！」

「勉強でけへん。けんかも弱い。お笑いもでけへん。何ができんねんお前に！」

「勉強に関してはこの議題に上がってへんやろ！　お前と同じ高校や！　そんなに変われへん！」

　ハンドルを握ったまま笑っていたら、馬場のスマホが鳴り出した。素に返った馬場が電話に出る。「あ。マネージャーからや」

話している。「あ、もうスタジオ着きます。え？　ああ、隣おりますけど。はい。はい。え？　はい……。明日？　別に大丈夫ですけど。はい。…………。え？　ほんまですか⁉　あ、はい。はい。失礼します」

柴垣が訊ねている。「なんて？」

「なんか……、レギュラー決まったって」

腰を浮かせた。「嘘やん！　なんの⁉」

「昼のグルメロケみたいなやつやけど」

「全然ええよ！　ようやくか！　ようやくやっ」

「俺だけ」

放送局に着いてホモサピエンスの二人を降ろした。イノシシは小さくなって、そんなイノシシを見て馬はリアクションに迷っているみたいだった。

息をついてドアを閉じようと思ったら、また誰か近づいてきた。今日は妙に客が続く。

紫の派手なフィールドジャケットを着た大柄の男が後部座席にドスンと腰を落とし

た。小戸川は条件反射的に口を開く。

「どちらまで」

こめかみに拳銃を突き付けられた。バックミラーに黒光りする銃身とそれを握る大きな手が見えた。その腕の向こうに顔がある。ゲラダヒヒだ。

黄色いキバが金属みたいに光っている。

「小戸川くん。ドライブしようか」

乗ってきたのは、ドブだった。

11  小戸川と  ドブ @小戸川タクシー

ボスから電話がかかってきた時、ドブは必ず立ち上がる。

あの人の声は冷たいナイフみたいに脳みその隙間に滑り込んでくる。

ボスが訊ねてきた。

〈おう。あのタクシーの運転手、なんつったっけ〉

「あ、小戸川ですか」

〈小戸川……〉

「あいつがどうかしましたか?」

〈練馬の女子高校生失踪事件あるだろ〉

「はい」

〈小戸川のタクシーに乗ったんじゃねえかって噂《うわさ》だ〉

「……ボス、その件についてですが」

〈しかしだ。あれから何の続報も聞かねえだろ。捜索願が取り下げられたんだ〉

「…………。それは大門兄から聞きました。なんでも失踪した本人から連絡があったと」

〈いや。本人から人づてに連絡があったってことらしい〉

「…………」

〈だが、家出の原因が俺にあるそうなんだ〉

「……?　どういうことですか?」

〈お前、行方を調べてくんねえか〉

「なぜボスが練馬の女子高校生を」

〈その女子高校生、どんちゃんの娘さんなんだ〉

冷たい金属がこめかみに触れている。その冷たさに無条件で体が固まる。

拳銃を突き付けたままドブが言った。「小戸川くん。練馬の失踪した女子高校生乗せたらしいじゃん」

声が掠れる。「……らしいな。大門兄にドライブレコーダーのデータ渡したよ」

ドブが小さく鼻で笑った。

「ああ。データは俺が持ってる」

小戸川はなんとか答える。弱みは見せられない。

「じゃあお前らが関わってるってことじゃないのか」

ドブは小戸川の言葉を無視する。「そこで頼みがあるんだ。要するに口止めだ。それともう一つ。協力してほしいことがある」

「……口止めはもう大門兄にされてる。警察に言ったら拳銃持った指名手配犯が殺しにくるって言われた。実際殺しに来てるし」

「そうだな。でも警察だけじゃない。誰にも言うなってことだ。ドラレコのデータは失《な》くしたって言え」

「なんで」

「悪いが質問は受け付けてないんだ」

「……協力ってのは」

こめかみの金属が角度を変えた。痛む。

「今度、ドラレコのデータを欲しがるヤツが現れたら俺に教えてほしいってことだ」

「今度って何だよ。決定事項みたいな言い方だな」

「まあな」

「嫌だって言ったら？」

「殺す」

「殺すか。死ぬのは別に構わないよ」

ドブがニヤニヤしている。

「ふーん。じゃあ何なら構うのかな。小戸川くんの弱点はどこかな。あれかな？　自分のことはどうでもよくても、他の人はそうじゃないとかそういうのかな」

「…………」

「あれ誰だっけ。小戸川くんの友人。ああそうだ柿花だ。柿花を殺すっていうのはどうかな？」

「……あいつも、俺と同じように死んでもいい人間だよ」

「うーん。そうかあ。冷たいなぁ小戸川くん。でもちょっと動揺してたよ。じゃあやまびこのタエ子——。それとも」

「…………」

「白川か。白川さんを殺そう」

小戸川の額を汗が伝った。止められなかった。頭の中に白川さんからのメッセージが蘇《よみがえ》る。

今から会えませんか

ドブの声がゆらゆら揺れて聞こえる。

「お。ここかあ小戸川くんのウィークポイント。見つけちゃった」

「なんで白川さん……」

「さあ何でだろうな。じゃあ話を戻そうか。で、協力の内容についてだが、もう一度言うぞ。ドラレコのデータを欲しがるヤツが現れたら俺に教えろ」

まだ汗がひかない。

「……お前が、練馬の女子高校生を攫《さら》ったんじゃないのか」

ドブにそう訊ねたら鬱陶しそうに言われた。「違う。警察は表向き俺を疑ってるみたいだけどな」

　言葉を選びながら言う。

「失踪した女子高校生が映ってるドラレコを探してるってことは、その女子高校生を見つけたいのか、あるいは自分が犯人だからデータを消したい――、の二つしかないだろ」

「まあ、そうなるな」

「じゃあ何の目的でドブがデータを持ってるんだ。お前は犯人じゃないんだろ？」

「ああ違う。これはもっとシンプルな理由だ。まあ、最初はユスリに使おうと思ったんだよ。俺は最初、女子高校生を攫ったのは小戸川、お前だと思ってた。最近、一人暮らしのはずのお前の家から話し声が聞こえてくるとか、不規則極まりない生活のはずの個人タクシードライバーのお前が、きっちり食事時に家に寄るようになったっていう妙な噂を耳にしたんでな。だから大門兄を通じてお前からドラレコのデータを取り上げて、そいつをお前に売ろうと思っていた」

　心の中で舌を打った。「せこいシノギしやがって……」

　ドブは意に介していないようだ。「まあ、女子高校生の捜索願が取り下げられたことで状況が変わった。家族が言うには、家出の原因がわかったから捜索願を取り下げたってことらしい」

「……どんな原因だよ」

「俺のボスと、いなくなった女子高校生の父親との関係性だな。それを嫌って女子高校生は家を出たって説明が警察にあったらしい」

「どんな関係性なんだ？」

「ボスの同級生の娘さんなんだ。かなり親密な関係のな」

「それで……、お前のボスが、その女子高校生を探しているってわけか。それでドブ、お前がその女子高校生を探せと命じられた」

「そうだ。察しがいいな小戸川」

「でもドライブレコーダーのデータはすでにお前が持っている。ボスからしてみれば、『どういうことだ』ってなるわけだな」

ドブがようやく拳銃を下ろした。リングサイドのボクサーの姿勢になって言う。

「そうだ。俺はドラレコのデータを持っていることをボスに話せない。だからお前に口止めしたんだ」

「……お前、その女子高校生の失踪に関わってるヤツに、実は心当たりあるだろ」

ミラーの中で、ドブがボクサーの姿勢のまま顔だけ上げた。

「なんでそう思う」

「お前はドラレコのデータをすでに持ってる。その上で俺に協力を仰ぐってことは、そのデータを利用しようと思ってるんだろ」

「…………」

「データを手に入れようとしてくるヤツは、探してるヤツか犯人のどっちかだ。ボスに捜索を命じられたのはドブ、お前なんだろ？　だったら答えは後者だ。ドラレコのデータを欲しがるヤツは、少なくとも何か知ってる」

ドブの目が鋭くなった。

「小戸川、ちょっと察しが良すぎるな。面倒だ」

「協力関係なら隠し事は無しだ。協力は信頼がないと成り立たない」

ドブが短く口に出した。

「ヤノだ」

「ヤノ？」

「俺の後輩だ。ボスとの関係性を口実に捜索願を取り下げさせるなんて入れ知恵、ヤノがやりそうなことだ」

「後輩なら直接聞けよ」

「後輩だが競争相手でもあるんだ。俺はボスへ上納金を納めるために生きてる。この辺はお前に話してもしかたないから言わないが、恩義とか筋ってやつだ。だがヤノは違う。あいつにとってはこの世界はビジネスだ。上納金で俺を上回ることしか考えてない。つまりヤノは、俺を陥れたがってる」

「……直接聞くわけにはいかないわけだな」

「そうだ。だから今後、ドラレコのデータを欲しがって近づいてくるやつは十中八九、ヤノかその取り巻きだ」

小戸川はゆっくりと言う。ようやく話が見えてきた。

「なんとなくわかったよ。つまりお前は、ドラレコのデータを欲しがるヤツから芋づる式にヤノを追い詰めたいわけだ。そのヤノってヤツが女子高校生の失踪事件に関わっているならお前らのボスが黙ってない」

ドブがニヤリと笑った。「そうだ。その証拠を掴めればヤノを失墜させられる」

小戸川は思う。深く息を吐いた。

コイツはクズだ。

後部座席でドブがどこか満足げな顔をしている。ミラーの中のその笑顔が小戸川には汚水に見える。

「これで話は通ったな。お前はドラレコについて一切口外せず、データを欲しがるヤツが現れたら俺に知らせる。そういう契約で交渉成立だ」

「俺に一切メリットがないんだけど」

「そうか？　白川が死なないんだから大きなメリットだろ？」

明け方の新宿に着いた。ドブが軽く手を振ってタクシーから降りていく。

「じゃあそういうことで。パートナーとしてこれからよろしくな。小戸川くん」

ドブの姿が町の中に消えてから、小戸川はハンドルに凭《もた》れて深く息をついた。

体中の血がコールタールになったみたいに重い。ひどく疲れた。

時刻を見ようとスマホを手にとったら新着のメッセージが画面の真ん中に頼りなげに浮かんでいた。

現在時刻は午前四時十五分。

メッセージは午前一時三分。後ろ姿のアルパカが言っていた。

病院の前の公園で待ってます

12 小戸川と白川 @剛力医院近くの公園

三時間オーバー。いるわけない。

そう思うのにアクセルを強く踏んでしまう自分にびっくりする。町の中を少し危険な速度で走り抜けた。途中、道路の真ん中で万歳してる変なピューマを轢《ひ》き掛けた。パーカーを着た変なヤツは驚いて飛び退《の》いて、そのまま道路に転がった。スマホが落ちてカツンカツン地面を打って、側溝に向けて転がっていくのが目の端に映った。

窓を開けて一瞬だけ振り返って詫びた。「ごめん」

そいつは何だかすごい目をしてこっちを見ていたけど、もう振り返らなかった。

白川さんが待ってる。

妙な気分だった。ドブに脅されて命の危機を感じていたからだろうか。あるいは白川さんを傷つけると言われて自分でも予想できないくらいに動揺したからだろうか。

急ぎたかった。

会いたかったんだと思う。

公園前にタクシーを止めて園内に踏み込んだら夜明けだった。

広い公園には誰もいなくて静止したブランコがオブジェみたいに朝焼けに照らし出されていた。砂場がある。その隣にはベンチ。砂利を踏む足音は小戸川のものだけ。

「…………」

一通り公園内を見渡して、「まあ……、だよな」と小さく肯いたら背中から声をかけられた。

「来てくれたんだ」

小戸川は振り返らずにそのまま言う。さっきの緊張とは違う意味で喉が渇く。

「俺に……、なんか用?」

白川さんが言った。

「会いたかったってだけじゃ、ダメ?」

朝焼けの時間は短い。マジックアワーはすぐに過ぎ去って、空が日常に塗り替わっていく。

白み始めた空を眺めながら、小戸川と白川は二人並んでベンチにいた。白川さんがポツポツ言う。

「定点カメラの映像ってすごく焦ると思うんだ。太陽があっという間に昇って沈んで、星が動いて雲が流れて」

小戸川も空を見ている。

「……俺が待たせたことへの嫌味とも取れるんだけど」

「私、無駄な時間なんて存在しないと思ってる。でもタイムイズマネーとも言うでしょ?」

「……もっと焦らずに過ごしてみればいいんじゃないか?」

白川さんがやっぱり空を向いたまま言った。

「それをもっと嫌味っぽく言ってみて」

「……少しばかりのシェリーとファッジブラウニーでも食べながら、ゆったり西海岸でも歩いてきたら?」

彼女が笑う。「嫌味の質が米国ね」

途切れ途切れに順番に話した。ゆっくりだし妙に間も空くけど嫌な空気じゃない。浸っていたい。

「……俺と仲良くしない方がいいよ」

言ったら白川さんが小戸川を見た。「なんで?」

「なんか……、俺、ヤクザみたいなヤツに狙われてるんだ。俺の交友関係も把握されてて、……なんていうか、白川さんも危険なんだ」

あっさり言われた。「大丈夫だよ。私こう見えてもカポエイラやってたから」

ベンチからスッと立ち上がった。白川さんの細い体が朝陽《あさひ》で影を作ってその影が小戸川の顔と体を黒く染める。白川さんが左右にステップを踏み始めた。リズミカルな反復横跳びみたいな動きだ。右にステップを踏んだ瞬間、右足を軸にして、まるでムチみたいにしなりながら左足が急にグンと伸びてきた。白川さんの足が綺麗な円を描く。

小戸川の鼻先を白川さんの靴底が通り抜けた。

心臓がバクバク言ってる。

「びっくりした……。インド映画始まったのかと思った。……今の何？」

「カポエイラ。ブラジルの格闘技。ね？　大丈夫でしょ？」

「なんでカポエイラ？」

「最初はダイエット目的だったんだけど、段々ね、ケイシャーダがいかに綺麗に決まるかって方向になっていって……。あ、ケイシャーダっていうのは顎への蹴りでね」

「さっきのヤツじゃん」

「うん。ね？　だから大丈夫。自分の身は自分で守れるから」

「いやそういうことじゃないんだ。そんな付け焼刃のカポエイラで太刀打ちできるような相手じゃない」

白川さんがベンチにストンと腰を下ろした。頬を膨らませている。

「むかつく。付け焼刃のカポエイラってなんで言えるの？」

「いやダイエットでやってたんなら実戦向きじゃないだろ。付け焼刃だろ」

キレられた。

「じゃあ小戸川さん、付け焼刃のタクシードライバーって言われて腹立たないの？」

「仕事でやってんだから腹立つに決まってるだろ。付け焼刃のナースとは言ってないんだから」

「それに付け焼刃ってどういう意味よ」

「意味もわからず怒ってたのかよ」

「ニュアンスでだいたいわかるけどもっとわかりやすく言ってよ」

「にわか仕込みって意味だよ」

「誰がにわか仕込みのナースよ！」

「いや言ってないし。よく同じベクトルで二度もキレられるな」

白川さんがまた立ち上がった。今度は怖い顔をしてさっきのステップを踏み始める。

「ケイシャーダはやめろ！　ケイシャーダはやめろ！」

ベンチに並んで話しているだけなのに楽しい。けど。

言わなきゃいけない。

「……だから、こうして会うのも危険なんだ」

白川さんは強い顔のままだ。

「関係ないよ。私は大人なんだし。自分の身は自分で守れる」

本心では聞きたくなかったけど、理性が聞かなきゃならなかった。

「なあ……。白川さん、何が目的なんだ？」

白川さんが不思議そうに小首を傾げた。

「なにが？」

「俺と会って何のメリットがある？」

白川さんが目を空に向けた。「迷惑？」

「…………」

「たまにこうして会って話したり、連絡取ったりするだけでも迷惑かな」

人は疑ってかからなきゃいけない。さもないと痛い目を見る。

今まで、学習は嫌になるほど積んできた。今ではもう、それが大人になるってことなんだとすら思っている。

なのに理性が本心に負けそうだ。

どうしても違うって言いたい。迷惑なんて思えない。

「……いや」

白川さんが笑った。砂に水が沁《し》みるみたいに、その笑顔は小戸川の胸に沁みていく。

「私ね。小戸川さんといると、すごく落ち着くんだ」

13  小戸川と  柿花　@やまびこ

忙しさは変化だ。久しぶりにやまびこに来た。小戸川がやまびこに来るのは用事がない時だから、ここ数日は忙しかったのだと思う。
カウンターの隣の席で柿花がニヤニヤしている。ニヤニヤしながらカタクチイワシのてんぷらを口に運んでいる。嚙みながらスマホを眺めている。
「ああ……」
意味の不明な声を上げた。

「気持ち悪いなお前。どうしたんだよ」

小戸川がそう言っても柿花の顔は溶けたままだ。スマホを手の中に隠すみたいにしながら小戸川に話を振ってきた。

「おー小戸川どうなんだよあれから！　白川さんとは⁉」

テンションが高い。いつになく鬱陶しい。

「どう？　前回から好き度アップした？　アップしちゃった？」

小戸川は答える。「まあ……、木星くらいかな」

「かなりじゃねーか！　なあ小戸川、前にも言ったけどさ、俺らのスペックって婚活市場じゃ需要ゼロだからね。手にしたチャンス、ここでモノにしないと！」

小戸川は柿花のテンションについて行けない。自分でも自分の気持ちが信じられないし、やっぱりどこかで理性が「ありえない」って言っている。

グラスを口に運びながらボソボソ言った。

「だからこそ思うんだ。二十八歳のナースがなんで俺？　って」

柿花は強い。

「そりゃあれだよ。スペックすら凌駕《りょうが》するフィーリングってやつさ」

「さっきは木星って言ったけど、とにかく自信はないんだ」

「そんなことないって！　いつの間にか落ちてる——。恋ってそういうもんだろ」

「だからお前が恋を語るなって腹立つ」

「はぁああ……。恋ってさぁ、切なくもあり美しくもあるよな」

聞いてほしそうだったから柿花に訊ねた。「恋してるのか？」

答えない。ニヤニヤしている。

「ほら俺さあ。高校の時はそこそこモテたじゃん」

「まあ野球やってたしな」

「でも社会に出るとあれじゃん。見た目とかさ、仕事ができるとかできないとかそんなのばっかじゃん。やっぱさ、歳《とし》とともにそういうのあきらめつつあったんだけどさ」

クリスマスの朝、枕元にプレゼントを見つけた小学生みたいに笑った。

「俺、ようやく春が来そうなんだ」

「へー」

そういえばこないだサウナの脱衣所でも同じようなことを言っていた。あの時のメールの相手か。

柿花が大事そうにスマホを手の中に包んでいる。

「なああ小戸川。俺の相手見たい？」

一応質問の体で言ってるけど明らかに見せたいって態度だから小戸川は無言で肯く。柿花が両手を花びらみたいに上下に開いてそこにスマホを掲げている。口に出して言った。

「じゃーん」

小戸川は画面に映し出された女性を見て眉をひそめる。加工アプリで鼻に大きな花を咲かせている。女性って言ったけど少女って言った方がしっくりくる。まだあどけなさが残る三毛猫だ。

「お前……、小娘じゃねーか」

柿花は嬉しそうだ。スマホを自分に向けてまたニヤニヤし出した。

「まだ十八歳なんだあ。メールのやりとりしかしてないけど、とってもフィーリングが合うんだぁ。近々会う予定なんだけど、彼女、学校の他に仕事もしてて忙しくてさぁ」

肯けない。

「その子、婚活サイトで知り合ったのか？」

「そうだよー。なんだよ小戸川その顔。小戸川の言いたいことはわかるよ。こんな子、本当は存在しないんじゃないかって思ってるんだろ？　でもさ！」

画面を切り替えた。同じ三毛猫の少女が今度は「柿花さんお仕事がんばって！」と書かれた紙を胸に掲げている。

「ほら！　実在してるんだよちゃんと！」

小戸川は言葉を選びながら伝える。「いや……。存在を疑ってるわけじゃない。ただ……」

言いづらい。傷つけるのがわかってるから。自分の心も傷つくのを知っているし。

「……お前、騙されてるんじゃないのか？」

柿花が鼻から息を吹き出した。「なんだよ小戸川、ひがんでんのか？」

「ひがんでるから言ってるんじゃない。柿花、冷静に考えろ。さっきお前が言ったんだぞ。俺たちは婚活市場じゃ需要がないって」

「だけど小戸川だって白川さんとうまくやってるじゃん」

「それとこれとは」

「だからフィーリングが合うんだってば！」

「会ったこともないのにフィーリングも何もないだろ」

「メールのやりとりは何度もしてるって言ってんだろ！　見ろよほら！　こんなに！」

手の中のスマホを小戸川に示してくる。さっきから頑《かたく》なにスマホ本体を渡してこないからそれでなんとなく察した。

「柿花。ちょっとスマホ貸せ。お前のプロフィール見せてみろ」

柿花があからさまに態度を変えた。「やだね！　絶対やだ！」

「よこせ」

「いーやーだー！」

揉《も》み合っていたら柿花がバランスを崩して椅子ごと床に倒れた。スマホが転がる。それを手に取って小戸川は「柿花英二（41）」のプロフィール欄を見てみる。

「お前……」

学歴：大卒　体型：やせ形　年収：二千万円
「フィーリングを嘘のスペックが凌駕してるじゃねーか」

床に尻をついたまま柿花が叫ぶように言った。目をギュッと閉じてる。

「わかってるよ！　わかってるけど、それでも夢見たいんだよ！　いいじゃねーか夢見るくらい！　わあああああ！」

そのあと柿花は、脳みそを酒で洗い流そうとしているみたいな嫌な飲み方をして、小戸川の隣でべろんべろんになった。ずっと、「俺だって……」とか「理不尽なんだよ」とか愚痴って、ようやく静かになったと思ったらカウンターに突っ伏すようにして目を閉じていた。

小戸川は呆れながら小さなため息をつく。呆れるけど気持ちは痛いくらいにわかった。小戸川にだって柿花と似たような思いはある。表に出すか、出さないかの違いでしかない。

柿花のスマホがピロンと鳴いてメールの着信を告げた。途端に柿花がガバリと体を起こす。スマホを覗き込んで、「わ！」と店中の人間が振り返るような声を上げた。

立ち上がった。「わ！　わ！　どうしよどうしよ！　どうしよう**ー**！」

驚いている小戸川に目もくれずに、柿花がスマホを胸に抱いて出入り口に駆け出した。小戸川は柿花の背中に声をかける。

「おいどうしたんだ柿花」

柿花は振り返らなかった。引き戸を開けて雨の中駆け出していく。

「彼女が会いたいって！　俺に会いたいってー！　行くー！」

14 小戸川と山本マネージャー @小戸川タクシー

ジャケットを着た体格のいいキツネを乗せたら、都内をグルグル回るはめになった。後部座席でキツネはずっと電話している。なんでもアイドルか何かのマネージャーをしていて、そのメンバーの子たちを笹塚《ささづか》のスタジオに集めようとしているらしい。

「スタジオに集合でいいじゃん」

そう言ったら疲れた声でキツネが答えた。

「そうもいかないんですよ。女の子を扱うって気を遣うんです」

一人目の子は原宿にいた。十代後半の黒猫だ。後部座席に乗り込んでくると同時にキツネがその子に紙袋を渡していた。「ほら。三矢が食べたがってたからあげ」

「わーい。ありがとう山本さん」

その子は嬉しそうに袋を開けて、そのまま手づかみにからあげを頬張り始めた。

車内が一気に商店街の匂いになる。

キツネは山本というらしい。山本が少し呆れた顔をして言っている。

「食べすぎるなよ。五キロ太ったら解雇だからな」

黒猫の女の子は食べる手を止めなかった。唇を油で光らせて笑っている。

「今日は二階堂さんは？」

「ああ。後から来るよ」

「えー。二階堂さんだけ特別扱いすぎない？」

「三矢も頑張ってそうなれよ。夢を叶えるってお母さんと約束して東京来たんだろ？」

「うん」

「じゃあ先にスタジオ入って自主練だな」

「えー」

「えーじゃない。三矢が一番後輩なんだから、他の子より努力しないと」

「はーい」

黒猫の子を笹塚の雑居ビルの前で降ろしたら、今度は荻窪《おぎくぼ》に向かうことになった。電話する山本の顔に疲労が滲《にじ》んでいる。

「市村は荻窪のスーパー銭湯？　七時に笹塚だって言ってあったろ？　ああもういいから。いいからわかりやすいとこに出てて」

今度も山本は紙袋を用意していた。湯上がりらしく頬を光らせた三毛猫の女の子に渡している。

「ほら。市村が欲しがってた入浴剤」

こっちの子は口数が少なかった。入浴剤を受け取って「ありがと」と小さく言ってからしばらく黙っていた。

やっと口を開いたと思ったらさっきの子と同じ質問だった。

「ねえ山本さん……。二階堂さんは？」

「……後から来る」

「……やっぱり二階堂さんだけ違うんだね」

「…………」

「私ね……。さっきお風呂に浸かりながら考えてたの。やっぱり向いてないんじゃないかなって。この仕事」

「また……。そんなこと言うなって」

「だって私、二階堂さんみたいに何が何でも伸《の》し上がってやるとか思えないし。華もないし、ダンスも上手《うま》くないし」

「……市村には市村のいいところがあるだろ」

「どんな？」

「……そりゃああれだよ。愛嬌《あいきょう》とか、無邪気さとか……。顔もかわいいし」

「でも私仮面かぶってるんだよ。かわいくないからでしょ？」

「違うって。説明しただろ？　そういう売り方なんだよ」

「なんか……。仕事だってわかってるけど、おじさんとメールするのももう疲れ――」

「おい」

山本の声が突然重くなった。三毛猫の子が怯えたように黙る。

ミラーの中で唇を噛んで俯《うつむ》くその子を見て小戸川は不思議に思う。かすかな既視感がある。

思わず呟いていた。

「どこかで見たことある気がするんだよな……」

山本がそれを聞きとめた。訊ねてくる。

「どこで？」

「うーん。どこだったかな。テレビかな」

「この子の顔を知ってるとしたらデビュー前のライブに来てたとかしかないよ。この子まだ顔出ししてないから」

「ああ。アイドルかなんかなの？ じゃあ違うな。俺ライブなんか行ったことないし」

山本の口調が真剣みを帯びた。

「……断っておくけど、今日のことは忘れてね運転手さん。一応ほら、これから表に出る子たちだから」

「ああ。オーセンティックなバーテンなみに心得てるよ」

突っ込まれた。「意外と話聞いてるやつじゃんそれ」

笹塚で三毛猫の子を降ろしたら、最後に「上目黒の事務所に」と言われた。本当にグルグル回っている。そこに、さっきから会話に出ている「二階堂」って子がいるのだろう。山本は疲れた顔をしていた。ものすごく気苦労が多そうだ。しばらくぐったりした後で、山本が小戸川に言ってきた。

「……あのさ運転手さん。一つお願いがあるんだけど、さっきの子たちの宣伝をしたいんだ。このタクシーに彼女たちのフライヤー置いてくれないかな」

本当にずっと仕事のことを考えている。なんだか少しかわいそうに思えてきた。

「いいけど……。彼女たち売れそうなの？」

「そんなに簡単に売れたら苦労しないよ。できるだけのことはしたいんだ」

「ふーん。ところで上目黒の事務所って言ってたけど、それ、もしかして一階に飲み屋のテナントが入ってるところ？」

山本が少し嬉しそうだ。

「あ、そうそう。知ってるの？」

「前に……、女の子をそこまで乗せたことがあったなぁって思って」

「え」

山本の声の質が変わった。低い。「いつ？」

「んー。二週間くらい前かな。あの子、あんたんとこの事務所の子だったんだな」

「…………」

「違うのか？」

「たぶん……、そうだな。今日乗せた子のうちの誰かなんじゃないかな。うち、ミステリーキッスしか所属してないから」

あまりピンとこなかった。だったら気がつくだろうと思う。

「……そうかもな。あの年代のさ、特にアイドルやろうって子たち、俺からすりゃみんな似てるんだよな」

「……あ。二番目に乗せた市村じゃないの？　見たことある気がするって言ってたじゃない」

「いや……、あの子は三毛猫だし、ちょっと違うんだ」

「？」

「いやなんでもない。そんな気がしただけだから」

山本がしばらく黙り込んだ。上目黒の事務所が近づいてくる。

「ほら。この先の雑居ビルだろ？　あんたのとこの事務所」

山本がミラーの中で肯いた。妙に固い顔をしている。「ええ」

事務所の前で車を停めたら山本が言ってきた。

「あの……、運転手さん。この車、ドライブレコーダーとかあったりするの？」

小戸川は訝《いぶか》しむ。なんだその質問。

「あるけど。大丈夫だよ。彼女たちの映像を変なことに使ったりはしないから」

「あ……、いや、変な意味じゃないんだ。なんていうか、そのドラレコのデータ、もらえないかなって思って」

ドブは言っていた。

「ドラレコのデータを欲しがるやつ。それは十中八九、ヤノの仲間だ」って。

小戸川は訊ねる。

「なんで」

「PVに使ってみたいんだよ。タクシーに乗ってるオフショットもおもしろいかなって思って」

ミラーの中の山本を見た。「別にどっちでもいいんだけど」って表情を取り繕っているように見えた。小戸川の返事を待っている。

「ふーん」

「どうかな」

「まあ、考えるよ」

「わかった。じゃあ運転手さん、名刺ください。ドラレコの件で連絡取りたいし、それに、彼女たちの移動にできれば同じ人を使いたいんだ。こういう商売だからね」

「ああ。はい、これ」

「ありがとう」

「行けないこともあるから期待しないでね」

山本が小戸川の名刺をじっと見ている。

「わかってます。小戸川さん、これからよろしくお願いしますね」

15 小戸川と剛力 @剛力医院

夜の剛力医院に呼び出された。薄暗い診察室で小戸川は少し怯えている。対面には剛力。あとは人体模型と謎の瓶と銀色のシャーレと光るピンセット。

剛力が言った。「呼び出して悪かったな」

小戸川は答える。「夜の病院怖すぎだろ。明らかに診療時間外だし」

「話があってな。この病院だが、しばらく閉めることにしたんだ」

少しだけ驚く。「なんで」

「薬の数が合わないんだ」

「盗まれたのか？」

「ああ。どうやらそこそこ長期に亘《わた》ってやられてたらしい」

「警察へは？」

「言ってない。どうやら身内の犯行らしくてな。これが世間にバレると俺は被害者から加害者になってしまう。だから――、もう、なかったことにしようと思う。医局を閉める」

「……自分を守るためってことでいいのか？」

「恥ずかしい話だが、まあ、そうだ」

「身内って、お前のところはほんの数人で回してる医院だろ」

剛力が黙った。無言で小戸川を見ている。

「心当たりはあるのか」

「ないとは言えない」

「俺の知っている人か」

「言えない」

「俺を呼び出したのはその事実を俺に伝えるためなんじゃないのか」

「…………」

「白川さんを守るために医局を閉めるのか」

「俺は……、白川さんが犯人だとは言っていない」

喉が詰まる。

「……白川さん、金に困ってたもんな」

そのことについて剛力は否定しなかった。弱々しく言う。

「そんな薄弱な根拠で人を貶めるようなことを言うもんじゃない……。小戸川」

ため息をついてから、小戸川は膝に手を置いて背筋を伸ばした。

「俺も、あんたに話しておきたいことがあるんだ」

剛力の椅子が鳴った。「なんだ？」

「ドブが……、白川さんの名前を口に出した」

剛力の声が一気に緊張した。

「ドブ？　ドブってあの指名手配のドブか？　小戸川お前、ドブと接触したのか？　ドブが白川さんの名前を出したってどういう意味だ？」

「――俺の交友関係をドブに把握されてるみたいなんだ。柿花ややまびこのタエ子ママはわかる。剛力、お前もわかるんだ。だけど白川さんと俺の接点はほとんどない。話すようになったのだってせいぜいここ数週間の話だ。なのになんでドブは知ってる？」

剛力がしばらく黙り込んだ。ゆっくりと口を開く。

「白川さんの名前が出たってことは、お前、ドブに脅されてるのか？」

「違う。……いやまあ、状況的に否定しきれないけど、少なくともたかられたりしてるわけじゃない。心配いらない」

「そうか……。お前、何か無茶してるんじゃないのか？」

「いいから聞いてほしい。そこに来て、白川さんの勤めるお前の医局で『薬が足りない』だぞ。あんたは否定するかもしれないけど、白川さんを薬の横領犯と仮定した場合、白川さんは盗んだ薬をどうやって金に換えるんだ。ルートが必要だ」

「……そのルートが、ドブだと？」

「結び付けて考えるのがふつうだろ。白川さんとドブは繋《つな》がってる」

剛力が腕を組んで考え込んだ。その姿勢のまま言う。

「仮にそれが事実だったとして……、小戸川はその事実をどう捉《とら》えているんだ？　お前は何がしたいんだ？」

自分の心に問いかけてから答えた。

「俺は……、ドブを懲らしめたい」

「何のために？」

答えなかった。

剛力が言い直す。

「……いや、誰のために、か」

「………………」

「なるほど。なんとなくわかったよ。小戸川お前、ドブを失墜させるためにドブと接触してるんだな。最終的な目的が何なのかは聞かないよ」

やっと剛力が笑みを見せた。空気が温《ぬる》む。

小戸川の緊張も少しだけ解けた。

剛力が言った。

「でも言っておくぞ小戸川。慎重に動け。万全を期せ」

小戸川は答える。

「大丈夫だよ。俺、臆病だし」

笑った。

「俺もだ。ははは」

16  小戸川と  ドブ @小戸川タクシー

いつも思うけど首都高速はゲームの画面みたいだ。まわりの景色も走っている車も現実感がなくて、事故っても死ななそうな錯覚を起こす。そんなわけないのに。
後部座席にドブがいる。
「小戸川、ドラレコのデータ、欲しがってるやつがわかったって?」

「ああ」

「誰だ」

「その前に聞きたいことが一つあるんだ」

「わかった。ただしその一つしか答えない」

「お前、いつだってそうやって優位に立とうとするよな。マウント取ってないと不安なのか？」

「取り引きってのはそうやって進めるもんだ」

「そもそもこっちは協力してやってる立場なんだけど」

「うん？　交渉は成立したはずだろ？　お前は俺に協力する。その代わり、俺は白川を傷つけないって」

「シーソーが釣り合ってないけどな」

「なんなら柿花も取引材料に加えてやろうか？」

「ますます釣り合わないだろ。ジャイアンかよお前」

「で、質問は何だ」

　息を吸い込んでから言った。

「お前は白川さんと繋がってる。そうだろ？」

「…………」

「事実を話さないとこっちも情報を伝えない。そもそもお前は脅しの駒として白川さんを使ったんだ。お前が白川さんと繋がっているなら前提が成立しない」

ドブが「フ」と息を漏らした。あっさり認める。

「ああ。そうだ」

予想通りの返答なのに心がジャリジャリする。「……白川さんが俺に接触してきたのは、お前の指示なのか？」

つまらなそうに言われた。

「それは知らない。あいつが勝手にやったことだろ」

「……剛力医院から薬を盗んでいたのは白川さんだな。そしてそれをお前が金に換えてる。合ってるか」

「質問多くねえか」

「答えろよ」

「まあ、だいたいそれで合ってる。白川の借金を肩代わりしたのは俺だ。その返済をあいつがしてるだけだ。終わりか？」

苦しい。「……お前の話を証明するものとか、あるか」

ドブが無言でスマホの画面を示してきた。見たことない写真だけど、トーク画面にアルパカの後ろ姿が映っている。ドブが画面を見ながら言う。

「足がつくのを避けるために連絡は専用のアカウントでしてる。偽名だしアイコンも後ろ姿だからお前にはわからないだろうが、会話を見ればこれが白川だと――」

画面から目を逸《そ》らした。見たくない。「確かに白川さんだな」

初めて見た写真だし後ろ姿だけどはっきりわかった。アルパカだ。

ドブが鋭い目になって小戸川を見た。

「なんで白川だってわかる」

「わかるだろ。いいよもう。確認したから」

「……じゃあ次はお前の番だ。データを欲しがってるヤツが誰か教えろ」

「……お前と白川さんが繋がってるとなったら、もう俺が約束守る必要ないだろ」

「成立した契約は破れないもんだろ。それにさ、実は俺、今四面楚歌《しめんそか》なんだ。何するかわかんないんだ。ボスにもらった拳銃もなくしちまって、その上最近、俺を捕まえるとか言ってる素人の動画が一千万再生とか行ってるらしい」

今日のドブは脅しに拳銃を出してこないなと思っていたところだった。

「なくしたって、なくなるようなものか？」

「隠し場所がバレたのかもな。なんにせよ、なくなってたんだ。な、散々だろ?」

「お前……、武器がないとか公言していいのか?」

ドブはまるで動じなかった。

「まあ大丈夫。代わりのものはちゃんと用意してるから」

「……一千万再生か。有名人じゃん」

ミラーの中でドブが肩を竦《すく》めている。

「まったく何が面白くて人の嫌がることをするのかわからないよな。ま、そういうわけで、破れかぶれの俺は、例のヤツの名前を聞き出せないと逆上してお前を殺さなきゃならないんだ」

首都高速の明かりは異世界への入り口みたいだ。ドブの黄色いキバが光っている。

「殺し方もちゃんと考えてるぞ。まずお前の手足を縛って、それから空の浴槽に放りこむんだ。で、そこに少しずつ水を入れていく。どうかな? 人の嫌がることには敏感なんだ。おかげさまで」

喉が鳴るのを抑えられなかった。背中を中心に全身に一気に汗が浮く。

「で、誰だ?」

充分に間を置いてからドブがそう言った。

小戸川は答える。

「……ミステリーキッスってアイドルグループのマネージャーだ」

ドブがそのままま《ママ》くり返した。「ミステリーキッス？」

「座席のところにフライヤーあるだろ。その子たちがミステリーキッスだ」

ミラーの中でドブがフライヤーを見ながら顎を擦《こす》っている。舌を打った。

「ヤノの野郎。こんなことにも手をつけてんのか。それで、なんて名だ。そのマネージャーは。なんて言ってきた？」

「山本。ＰＶに使いたいから買い取らせてくれって」

ドブがまた顎を擦っている。

「つまり、このミステリーキッスって小娘三人の中にボスの同級生の娘さんがいるってことか。ふうん。そいつが欲しがってる箇所だけカットしたデータを売りつけるのもいいかもな。なあ、小戸川くん。そいつとさ、いくら出せるのか交渉してくれよ」

喉が渇く。妙に感情が昂《たかぶ》っている。

「あとは勝手にやってくれ。俺はもう関係ない」

「あれ？　小戸川くんどうしたの？　怒ってる？」

「もう俺に関わるな」

ドブが笑った。

「何だよ。おいおい小戸川くん。もしかしてショックだったのか？　白川のこと」

17  柿花と  市村しほ　@六本木

自分の姿が映るものがあるとその度に「変じゃないか」と確認してしまう。名前だけは知っていたホテルの六階。ホテルの中なのになぜか中庭があってそこにテラスがあり、どのドアの前にもなぜかピシッとした格好の店員さんが立っていて、手動式のドアはどれもひたすら重い。
スーツ姿の柿花はきょろきょろしないように必死で自制しながら店に向かって歩いていた。すれ違う人みんなが自分を見ている気がする。すれ違う人みんながセレブに見える。いや実際セレブなんだろうと思う。だってグルメサイトで調べたら、二人なら一食で五万円が相場だって書かれていた。一食でだ。ステーキなんか百二十グラムで一万二千円とか書いてあった。一口いくらだ。二千円くらいか？　時給よりずっと高い。それに夕食なんだからお酒だって飲む。お肉がおいしい店ではワインを頼むらしい。グラス一杯でいくらなのか調べようと思ったら、そもそもそんなシステムがな

かった。だから上限が読めない。スーツの尻ポケットにはむき出しの一万円札が十枚入っている。さっきキャッシュサービスで手に入れてきたばかりの新鮮な一万円札だ。

店の外のソファに女の子が腰かけてスマホを見ていた。柿花に気づいて顔を上げて手を振ってくる。しほちゃんだ。柿花は一気に笑顔になる。今日のしほちゃんはオフホワイトのプルオーバーを着てゆったりしたプリーツスカートを穿《は》いている。

人目を気にせずにしほちゃんが柿花を呼んだ。「カッキー!」

柿花は生きていてよかったと思う。かわいい。この子と食事ができる。食事ってことはデートだ。知り合ったのは婚活サイトだ。つまり結婚したいってことだ。結婚相手の候補として、この俺を見ているってことだ。そりゃあ気合いも入るってもんさ。

「しほちゃん! お待たせ」


肉が喉に落ちて行かない。味がわからない。しほちゃんはさっきから対面でずっとスマホを見ている。何を話せばいいのかわからない。ナイフとフォークばっかりカチャカチャ鳴る。

「ね……、ねえしほちゃん。それ、何見てるの?」

柿花がそう言ったら、しほちゃんが屈託なくスマホの画面を見せてきた。

「すごいよね！　この人、宝くじで十億円当たったんだって。本当かな」

柿花は安心する。二人きりの食事でずっとスマホを見ているから、知らないうちに何かやらかしてしほちゃんに嫌われてしまったのかと思った。だけどどうやら違うらしい。単純に食事の時にスマホを見るのがこの子にとっては普通なのだ。安心した。会話ができるだけで顔が溶ける。

「へえ。すごいね……。十億かあ。さすがの俺もそこまでは持ってないかな」

しほちゃんが少しだけ難しい顔をしている。呟いた。「あー、この人、二階堂ルイ推しかあ」

「え？」

「ううん。なんでもないよカッキー。じゃあさ、これは知ってる？　今すごい話題になってるんだよ」

テーブルにスマホを置いて動画を再生した。カバみたいな顔と体型をした男が自分の部屋から配信している動画のようだ。再生回数が一千万回を超えている。タイトルにこうあった。

明政《めいせい》大学四年　樺沢太一　ドブを捕まえます！

――はいどうも。樺沢太一です。今ここに宣言します。私、樺沢太一、今年中にドブを捕まえます！

というのもですね、十日前、ネットにアップした写真にたまたまドブが写っていてマスコミの取材を受けたんですけど、まあ軽くバズったんで知ってる人もいると思いますけども、なんだろうな。こんなね、「ドブを捕まえる！」なんてセンセーショナルなタイトルで危険じゃないの？　なんて思う人もいるかもしれませんが、これは私のまぎれもない正義感によるものです！　ドブを知らない人のために説明しておくと、まあ半グレなのかヤクザなのか詳しいことはわかんないけど、指名手配されてて警察が追ってる人物でして。でも私が入手した情報によると、警察はなぜかドブを捕まえられないらしいんですよ。なんかね、偉い人がバックについてるのかわかんないですけど、だからかドブはやりたい放題でして。もうこの世の犯罪ぜんぶやったんじゃないかってくらいの悪党でして。窃盗、強盗、詐欺、傷害、恐喝、強姦《ごうかん》、放火、誘拐、そして殺人ってね。枚挙に遑《いとま》がないわけですけども。実際私のまわりにもですね、ドブに半殺しにされたってやつがいるわけですよ。友達の友達の話ですから真実です。もしかしたらリスナーのみなさんの中にもドブの被害に遭われた方いるんじゃないですか？　直接的じゃなくても、その被害、ドブのせいかもしれませんよ。自転車のサドル盗まれた人とかいるでしょ？　困った目に遭ったことあるでしょ？

ドブが悪いんです。そんなドブを、私、樺沢太一が捕まえます！

なんかね！　なんか俺、就職活動とかしてたわけ。ずっと。もう、ずーっと！

でも本当にやりたいことって何だって考えるじゃないですか。考えたら思うじゃないですか。会社の歯車になるのは違うなって。毎日満員電車に乗ってさ。それってホントに生きてるって言えるのかなって思うじゃないですか！

自分の人生を考えた時、小さいころからの夢を思い出したわけですよ。本当に困っている人を助けたい。ヒーローに憧れてたでしょみんなも！

だから俺は捕まえます！　就職活動も学校もそっちのけで全力で捕まえます！　捕まえてどうするかって？　謝罪ですよ！　謝罪させます。ドブに謝罪させて、土下座動画をアップします！　ドブを更生させるんです。法で裁けないなら俺、樺沢太一がドブに制裁を与えます！

いや！　いや違う俺たちだ！　これを見てるお前もだ！　俺たちでドブを捕まえるんだよ！

俺は明政大学の樺沢太一！

逃げも隠れもしない。俺が矢面《やおもて》に立つ！　だからどんな情報でもいい。協力してくれ！　罪には罰を！　俺たちで悪を倒すんだ！

正義は必ず勝つ！


最後にはもう、カバ顔の学生は汗まみれだった。声も嗄《か》れていた。画面が暗転してそこに柿花のポカンとした顔が映る。スマホの向こうにはしほちゃんのかわいい顔がある。

「すごいよね。これ、賞賛の嵐なんだよ。ほらコメント見てみて」

——まじかっけえ神じゃん
——樺沢さま、支持します
しほちゃんが笑っている。「やばいよね！　一千万回再生だもん」

柿花は正解のリアクションがわからなくて曖昧に言う。「うん。これはやばいね」

しほちゃんがニコニコしている。運ばれてきたデザートのアップルパイにフォークを伸ばそうとして、途中でそれを置いてスマホで撮影し始めた。

「カッキーはすごいね。こんなお店はじめてきた」

無邪気に笑っている。

柿花は無理やり余裕ぶって答える。「まあ、俺は……、月一くらいで来るかな」

「へえー」

食事をはじめて一時間ほど。やっと会話が繋がった気がして柿花は用意してきた質問をようやくしほちゃんに投げかけた。

「しほちゃんはさ、何をしてるときがいちばん幸せなの？」

しほちゃんが答える。

「お風呂入ってるとき！」

「へえ。お風呂好きなんだね」

アップルパイを一かけら口に運んで、おいしそうに味わってから飲み込んだ。

「私の家ね、貧乏で兄弟が多かったから。昔から、一人になれるのがお風呂の中だけだったんだ」

「へ……、へえ」

「あのね！　クリスマスプレゼントに入浴剤お願いしたりしたもん。サンタさんに！　シュワシュワーってなるやつ！」

身振りを交えて楽しそうに話す。まるで子どもみたいだ。

「そうなんだ。あの……、なんか、か、かわいいね」

「ねえ。カッキーの家のお風呂はやっぱすごいの？　足伸ばせる？」

「え？　ああ、うん。ジャグジーとかね、あるよもちろん」

「テレビも見れる？」

「と、当然さ」

うっとりしている。

「行ってみたいなぁ」

柿花は焦る。

「いやまだちょっと早いというか……、ねえ？」

「何が？」

「いや……、あ！　そうだじゃあさ、今度由布院《ゆふいん》行かない？」

「由布院てなに？」

「温泉だけど……」

「行きたい！」

「はは。大分《おおいた》だけど、飛行機ですぐさ」

「それプライベートジェットとかで行けるの？」

「さ、さすがにそこまでは……」

無邪気に笑っている。「なーんだ」

悪気があって言っているようには見えなかった。ただ、若いから世間知らずなだけなのだ。こういう子には俺みたいな大人の男性がそばにいてあげなきゃ。うん。そうなんだよ。

「……あのさ、しほちゃんは今、大学生なんだよね」

「うん。そうだよ」

「そんなに若いのにさ……、あの、もう、け、結婚とか意識してるの？」

「うん。昔からお嫁さんになるのが夢だったの。早ければ早いほどいいかなって思ってるんだ。サプライズで指輪渡されてプロポーズされるとか最高だと思う」

柿花はゴクリと喉を鳴らした。シミュレーションよりもっともっとスムーズに話が進んでいる。なんだこれ。奇跡か？

「じゃ、じゃあさ、しほちゃん、その、俺と」

「ねえカッキー。このパブロバってなに？　食べてみたい」

「え？」

しほちゃんがメニューのデザートのところを指差していた。柿花は途端に答えに詰まる。なんでこの店のメニューは写真が載ってないんだと心の中で切れる。

しほちゃんが答えを待っている。柿花は額に汗をダラダラ垂らしながら逃げ道を求めて店内に目をやった。

ウエイターと目が合った。

やってきたウエイターに柿花は言う。「あのさ、俺、お会計してくるから、しほちゃん、デザートのことはこの人に聞いてね」

そう言って席を立とうとしたら、ウエイターに「お席でお待ちください」と告げられた。逃げ道を塞がれる。切羽詰まって叫ぶように言った。

「じゃあちょっとトイレに行ってくるから！　トイレだから！」

むき出しの一万円札を出すのが恥ずかしくて、柿花は店の奥の方でウエイターを手招きしてそこで会計を済ませた。しわくちゃの一万円札を尻ポケットから七枚出す柿花を見てウエイターは一瞬だけ怪訝《けげん》そうな顔をしたけど、それだけだった。向こうのテーブルでしほちゃんが頬杖《ほおづえ》をついて夜景を見ている。

あの子のため。

柿花は嘘をつき続ける。

Chapter2　うごく

1　それぞれ

——どうも！　樺沢太一です。みなさん、今日は特ダネ映像をご覧にいれます。これ実は、先日開設した樺沢太一コミュニティサイトにリスナーから送られてきた動画です！「ドブの犯行を目撃したので送ります」って！

うわー。見ましたいまの？　虐待ですよ虐待！　かわいい猫ちゃんを蹴り飛ばしたんですよ許せませんよね！　薄暗い路地裏に佇むこの後ろ姿、背格好からしてドブで間違いないでしょう。自分より弱いものを痛めつけて自身の優位を確認する。これまさに小悪党の代名詞ですよ！　ドブってこういうヤツなんです！

どう思いますみなさん⁉　極悪ですよね。許せないですよね。まさに鬼畜！　ヒーローの対極にいるみたいなヤツですよ。人間だけじゃない。生き物すべての敵ですよドブは！

やいドブ！　堂々と姿を見せろ！　お前が土下座して謝るまで樺沢太一はこうして正々堂々と戦い続けるからな！　リスナーは五十万人を超えてる！　つまり町中の百万の目が、ドブ、お前を見てるんだ！　この樺沢太一が、絶対にお前を追いつめてやる！

ドブを倒す！　あははは！

柿花はやまびこのカウンターで一人、舟盛りの刺身をつまむ。アワビの刺身を口の中でコリコリ言わせながら、スマホを眺めてニヤつく。途切れずにやりとりが続いている。前に進んでるのがわかる。もう今までの自分じゃない。足掻《あが》いて足掻いて五十センチ前に進んだら一メートル引き戻されるみたいな毎日じゃない。だって柿花にはしほちゃんがいる。目標がある。

彼女と結婚するのだ。

タエ子ママが何だか不安そうな顔をしている。

「今日は小戸川さんは？」

柿花はニヤニヤしたまま答える。今度のデートに備えて買った十万円のジャケットが醤油《しょうゆ》皿に付かないように袖を持ち上げた。

「うん。今日は早く上がるから、元気だったら来るってさ」

「そう」

タエ子ママが柿花を見ている。一度大きくまばたきしてから低い声で言った。

「最近……、ちょっと雰囲気変わったわね。柿花さん」

ちょっとだけ悲しそうにも見えた。それがなんでか柿花にはわからない。

「そーお？　えへへへ」


ラジオでホモサピエンスの二人が掛け合いをしている。最近妙に売れ出した馬場はいつもより態度に余裕がある。言葉の端々にそれが見え隠れしている。

〈で、どうなん馬場。なんやっけあれ。昼のグルメロケみたいなやつ〉

〈あ。『自分、昼何食べるん？』ですか？　いや、ぜんぜん評判聞かへんから大丈夫かな思てたんですけど、なんか好評みたいで。ありがたいことにね〉

〈SNSでも結構呟かれとったで〉

〈え、え、なんて？〉

〈『本人ハイウェイ走ってるつもりみたいやけど走ってるの常にサブウェイでそのズレが逆におもろい』みたいな〉

〈なんか嬉しないなそれ〉

〈ええやんか売れ出したんやし。で、お前何しててんこの一週間〉

〈えへへ。ドラマの収録ですよ。もう情報解禁されてると思うんですけど〉

〈あー〉

〈レギュラーあるからもう全然寝てなくて〉

〈け。売れたての若手がよー言う自慢やわ〉

〈僕ね、最近思ってんけど、誰も傷つけへん笑いってのが一番ちゃうかなって〉

〈いやちゃうな。俺は一人傷つけても十人笑えばそれでええと思ってる〉

〈いやー、反感かうだけやと思うで。最近売れてる人見てみ？　結局人柄やん〉

〈それで笑えるんか？　ほんまに笑えるんか？　俺らが子どもの頃、腹の底からしびれるくらいに笑ってたことって、エッジの利いた刃だらけの言葉やったりしたやん〉

〈もうそんな時代ちゃうと思うけどなぁ〉

〈ほんならなんや！　変顔してたらおもろいんか！　白目剝《む》いたらおもろいんか！　そんなんで笑えんのか！〉

〈はは。ちょっと柴垣さんがエキサイトしてきたんでメールいきましょ。えー、ラジオネーム『どこ住んでるん？　って聞いてほぼ大阪って答えるヤツだいたい尼崎《あまがさき》』さんから〉

夜の中目黒。狭い道なのに人通りが多くて、この町は妙な昂揚《こうよう》感がある。信号待ちで、高いビルの窓の明かりを眺めていたら、バックミラーに駆け寄ってくるスカンクが映った。右手を大きく振りながら近づいてくる。声も届いた。「うおーい!」って言ってる。ミラーの中のスカンクの顔が笑っている。

思い出した。こないだ乗せたミステリーキッスの熱烈なファンの青年だ。名前は何だっけ。ああそうだ今井だ。今井が手を振りながら小戸川のタクシーに近づいてくる。

運転席の窓にベタリとくっついた。

「運転手さん!」

小戸川は後部座席のドアを開ける。

「よう。どうした?」

スカンクが顔中を溶かして笑った。「乗せてください! とりあえず新宿までお願いします!」

2 小戸川と今井 @小戸川タクシー

後部座席で今井がずっとニヤニヤしている。小さなバッグを胸に抱いて、タイミングを計るみたいに無言でニヤニヤしている。

新宿に向かいながら小戸川は淡々と訊ねた。今井のハイテンションの理由がわからない。

「何かあったの?」

聞いたら今井がますます顔を崩した。とろけた声で言う。「運転手さんにまた会えて良かったっす!」

「なんで?」

「お礼がしたくて!」

「なんかしたっけ俺」

「いやもうね! もう俺にとっては命の恩人というか」

「命の恩人?」

「いやちょっとニュアンス違いますけど、運転手さんは俺の人生を変えてくれた、いわば神様なんですよ! って、あっ! このフライヤー、ミステリーキッスじゃん!」

今井が運転席の背中のポケットからフライヤーを取り出して掲げた。嬉しそうだ。嬉しくてたまらないって感じだ。

「もしかして運転手さん、いや、神さま!」

「小戸川だよ」

「小戸川さま！　ミステリーキッスにハマったんですか⁉」

説明がめんどうだ。小戸川は適当に言う。「いや……、まあ、そうだな」

「ガッハー！　さっすが小戸川さま！」

ものすごく顔を紅潮させている。対する小戸川は淡白だ。「俺が何したんだよ」

今井が身を乗り出して運転席に体を寄せてきた。

「実は……、宝くじ、当たったんですよ！　小戸川さまから聞いた例の数字で！」

「へえ。すごいじゃん」

「軽っ！　軽いなあ！」

「だって俺、適当に数字言っただけだし」

「金額聞いてないからですよ！　なんと……、十億円！　十億円ですよ！」

さすがに少し驚いた。

「ほんとに？」

今井の息が耳にかかる。熱い。

「ほんとです！　まだ換金してないけど、もう百回くらい確認しました！」

「それホントなら、あんまり人に言わないほうがいいよ」

今井がやっと後部座席に戻った。シートに腰を沈めている。

「リアルでは初めてっすよ！　やっぱ小戸川さまには報告しないとって思って、タクシー見かけるたびに小戸川さま探してたんです！」

すごい労力だ。嬉しい気もするが空回りのような気もする。

「リアルではってどういうこと？」

「ネットでは言っちゃいました。まあネットだし。ひとりじゃ抱えきれないんですよ言いたくて言いたくて！」

「へー。そしたらお望み通り、ミステリーキッスのＣＤ買えるわけだ」

また運転席に抱きつくように身を乗り出した。

「そうなんですよ！　ＣＤが出るタイミングで換金しようと肌身離さず持ってます！」

「今持ってるのかよ。おいおい。なくすなよ」

今井が「えへへ」と笑った。そのまま言う。「で、小戸川さまにも何かお礼がしたくて」

小戸川はあくまで淡白だ。「いいよ別に」

「いやいやいや！　ダメです！　何かお金に困ってたりしないですか？」

「特にないかな」

「じゃあご家族や大事な人が困ってたりとか！」

一瞬だけ、白川さんの顔が浮かんだ。搔き消す。

「……いないな」

「もう！　どんだけ欲ないんですか！　じゃあ小戸川さま、今から時間あります？」

「いや、今仕事中丸出しだろ」

「今日稼ぐ分のお金払いますから！　お願いですからちょっとついて来てくださいよ」

「いいってもう。どこ行くんだよ」

今井がニコニコしている。

「俺、キャバのボーイしてるって言ったでしょ。小戸川さま何も欲しがらないから差し上げますよ！　キャバクラ『ホワイトドルフィン』の永久無料権！」

自分が楽しむっていうより今井の厚意に応えなきゃならないって義務感で黒光りするソファに座ったら、まわりを四人の綺麗な女性に一瞬で囲まれた。みんな小戸川を見ている。逃げ道がない。

今井はボーイの服装に着替えて銀色の盆を持って向こうにいる。さっき、小戸川を指して「ＶＩＰの小戸川様です。すでにお代はいただいているので、みなさん、好きな物を頼んでくださいね」と言い残して仕事に戻っていった。そのせいで嬢たちの視線が熱い。

「ＶＩＰだって！」「すごーい」「かっこいいですよ」「小戸川さんは何飲まれます?」

「いや俺車だから……」

「じゃあ私たちは飲んでもいいですか?」

戸惑っている小戸川に、遠くから今井が指でＯＫサインを送ってきた。

「ああ。どうぞ」

「わーい」「じゃあピンドンいっちゃいます?」「キャー」

落ち着かない。さっきからポケットのスマホが気になって仕方がない。何度も着信があったことは知っている。そして着信が何度あろうともどうしようもないことも知っている。だけど気になる。自分の送った、「二度と俺に関わるな」というメッセージに、彼女がどんな反応をみせているのか、怖いけど確認したい。

視線と会話から逃れる手段がトイレしかなくて、小戸川はキャバクラのトイレにいた。

鏡で自分を見る。濡れた手を見る。

「ふう」

疲れた。なんで自分がこんな場所にいるのかわからない。今井の厚意はありがたいけど明らかに場違いだしそもそも楽しめていない。この辺で適当に理由をつけて帰ろうと思った。妙にキラキラしたパルテノン宮殿の柱みたいな取っ手を押してトイレを出ると、その瞬間に奇妙な音が連続して聞こえてきた。

パァン

「うわあああああ！」

「ギャアアアア！」

どっちも聞いたことのない音と悲鳴だった。フロアからだ。猛烈な足音が四方八方から聞こえてくる。小戸川は戸惑う。何が起きた？　どこに行けばいい？　何一つわからない。

「小戸川さま！」

ボーイ姿の今井が駆け寄ってきた。顔が真っ白だ。

小戸川は今井の肩を掴む。

「何があった？」

「わ……、わかんないっす！　拳銃持ったヤツが入ってきていきなり……！」

「拳銃？」

「なんか、ドクロの仮面かぶったヤツがいきなりピアノの上に乗って天井に向けてバーンって……！　フロアはもうパニックですよ！　逃げてください小戸川さま！」

「お前逃げろったって……」

「裏口から出られますから！　小戸川さまに楽しんでもらおうと連れてきたのにこのせいで死なれちゃったら俺アホみたいじゃないすか！　俺のために逃げてください！」

背中をぐいぐい押された。そのまま従業員出口らしいところまで運ばれる。

辛うじて言った。

「お前は……？」

「大丈夫っす！　みんなが無事か確認したら俺もすぐ逃げます！　そりゃもう一目散に！」

また「パアン」と乾いた音がした。一瞬静かになってまた悲鳴が上がる。

小戸川は背中の今井を振り返って言う。

「マジで逃げろよ。自分の身を第一にしろ」

「わかってますって！　せっかくお金を手にしたのに、ミステリーキッスに還元するまで俺だって死ねないですもん！」

店の裏手の駐車場でまた立ちすくむはめになった。意味がわからなすぎる。

「なんで……、俺の車のガラス、割られてんだよ」

3  小戸川と  白川　@小戸川自宅

家の玄関の石段のところに白川さんが座っていた。ライトに照らされてこっちを見たから帰宅したのはもうバレた。小戸川はタクシーを車庫に入れ、無言で車を降りて玄関に向かう。白川さんが座ったまま顔を動かして小戸川を追っている。

小戸川は白川さんを見ない。

玄関に鍵を差し込んだら白川さんが言った。

「どういうこと？　……俺に関わるなって」

無視する。そのまま鍵を回そうとしたら白川さんが急に立ち上がって手でメガホンを作った。

叫ぶようにして言う。「小戸川さんが無視するんですけどー！」

慌てる。午前一時だ。「おい！　静かにしろ近所迷惑だろ」

「じゃあ中入れてよ」

「外で話そう」

「なんで？　誰かいるの？」

無言で先に歩き出した。駅前の広場に向かう。

白川さんが後からついてくる。「車、どうしたの？　窓割られてるけど……。車上荒らし？」

「いや、それが何も盗《と》られてないんだ」

足をぶらぶらさせながら歩いている。

「早く直さないとアレだよ。アレになっちゃうよ」

「？」

「ほら、アレ」

「情報がゼロすぎて……」

「壊れたものを放置してたらよけい壊されるみたいなの」

「割れ窓理論？」

「そうそれ。心だってそうだからね」

いつものペースに持ち込もうとしているのが透けて見えて小戸川の心は冷たくなる。

「わからないな。何言ってるんだ」

広場に着いた。ベンチに座ると隣に白川さんが収まった。深夜だっていうのに人波は途切れない。時間は流れ続けている。

冷たく言った。

「で、なんの用？」

白川さんが少し怒ったように言った。

「だから……、俺に関わるなってどういう」

「もう知ってんだよ」

白川さんが黙った。少し上目になりながら小戸川を見て何度か瞬く。

何も言わない。

「相手の出方次第ではまだ挽回《ばんかい》可能かもって思ってる今のお前の態度もうっとうしい」

「待って」

「正直、ほんの少し……。いや、かなり浮かれてたよ。そんな自分が恥ずかしくてしようがない」

「違うの」

「何がだよ」

「お願い」

「女を出すな卑怯《ひきょう》者。知ってるんだよ。ドブと——」

白川さんがキュッと唇を噛んだ。小戸川に向き直る。

「わかった。話す。確かに私はドブさんと付き合ってた」

「いきなり知らない情報じゃねーか」

「四年くらい……。私、ドブさんにお金を借りてて、それを少しずつ返してたから逆らえなくて……。それで薬まで盗んで……。ちゃんと警察に言うから」

あの時、剛力が言い淀んでいた理由がよくわかる。剛力は知っていて表沙汰にしないことを選んだのだ。

「剛力はわかっててあんたの名前出さなかったんだ。余計なことせずに剛力に任せればいい」

わかってはいたけど、実際確認したらものすごい疲労感が襲ってきた。体中の血管をドロドロのコールタールが埋めていく気分だ。

いろいろ起こりすぎる。口を開くのすら億劫《おっくう》だ。「それで？」

「……？」

「俺に近づいた目的は？」

白川さんがまた唇を噛んだ。目を合わせずに言う。

「ドブさんに、患者のリスト持ってこいって言われて……。個人情報をお金に換えようとしたんだと思う」

「………」

「それで、リストにあった小戸川さんの名前と職業欄を見て、ドブさんが『どういう男なんだ』って聞いてきて……」

「なんて答えたんだ」

俯いた。

「気難しいタクシードライバー」

小戸川は心の中で「ふん」と鼻を鳴らす。

「そしたら、この男と親密になれって……。でも違うの。確かにはじめはドブさんに言われてあなたに近づいた。けど私、だんだん本当に小戸川さんのことが……」

「いらねえんだよそういうの」

強烈に苛立《いらだ》っていた。全身の細胞一個一個に至るまで、すべてを完璧に否定された気分だ。

吐き出したい。

「ドブの目的は何なんだ」

「……もう一度銀行強盗をするって言ってたから、たぶんその逃走用のタクシーにって思ったんだと思う」

「銀行強盗？　いまどき？」

しかも、ドブは以前に一度それに失敗している。捕まって五、六年は食らったはずだ。

「ドブさんは……、今だからこそできるって言ってた」

馬鹿なのかと思う。

「逃走用の足に俺を利用か。舐《な》められたもんだな」

白川さんがすがるように体を低くした。

「ねえ。本当に信じてほしいの。ドブさんに言われるままに小戸川さんに近づいたけど、途中から私、本当に小戸川さんを差し出す気なんかなくなってた」

「どうでもいい。他は？」

「それだけ……。だと思う」

大きく息を吐き出した。煮える心の中からピースを拾った。

どうする俺。どうしたい、俺。

この状況になっても、答えは変わらなかった。

自分のことを馬鹿だと思う。見る人が誰もいないのに踊っている。

「……わかった。ドブには俺に話したってこと黙っておいてくれ」

白川さんが不安そうだった。

「小戸川さん……、どうするつもり？」

「泳がせる。なんなら銀行強盗も手伝う振りをする」

「なんで……？」

掻き消すように訊ねた。質問されたくない。

「ドブへの借金はいくら残ってるんだ？」

白川さんが答えた。白い唇が震えている。

「……三百万円」

「四年もかけてまだそんなに？」

「利息があったから……。元本が全然減らなくて……」

「暴利だろ。それならよそで借りた方がマシだったろ。犯罪の片棒まで担いで」

「……殴られるから」

それを聞いて舌を鳴らした。白川さんが俯いている。

「……あの人、ほんとは弱い人だから……」

短く言う。「ああそう。知らねえよお前らの共依存」

なんだこれ。こんな偽りと欺瞞《ぎまん》に満ちた女なんか放っておけばいい。ドブに騙されて利用されているのに逆に恩義を感じてるくらいだ。さっきの言葉だって、白川さんの受け取り方次第では確実にドブに伝わるっていうのに何やってんだ俺は。ドブにバレたら、ドブは普通に攻撃してくる。殺されるかもしれない。だったらなぜ。この女を守って俺に何のメリットがある。お前、白川さんの言葉が信じられるのか？　いままで散々浮かれてきたあの時間はぜんぶ嘘だったんだぞ。俺を騙すための演技だったんだぞ。

白川さんの笑顔は、俺に向けられてなかったんだぞ。

「小戸川さん……」

白川さんが目を潤ませて小戸川を見ている。いま、白川さんは本当のことを言っているのか？

「私……、今日は本当のことしか言ってない。私、借金を早く返してドブさんと別れたい」

本当か。この悲しそうな顔は本物か？

信じられるのか。

「剛力先生にも謝ります。私——」

白川さんが小戸川を見ない。見ないで言う。

「小戸川さんが好き」

信じられない。

「信じて」

4 小戸川とドブ　@小戸川タクシー

——どうも樺沢太一です！　昨日、新宿のキャバクラ『ホワイトドルフィン』でですね！　発砲事件があったのご存じでしょうか？　ニュースにもなってましたけど、なんとそこに居合わせたリスナーさんから動画が送られてきました！
はい。これね。このドクロの仮面かぶったハロウィン男！　これ、ドブで間違いないでしょう！　拳銃持ってますしね。ドブの悪行がどんどん白日のもとに晒《さら》されています！　何より嬉しいのがね、この動画、マスコミに高く売れそうなのに、この樺沢

太一に送ってきてくれたってことですよ！　しかも無償ですよ無償！　これはまあ、それだけドブが恨まれてるっていうのもあるでしょうけど、その一方でね、樺沢太一の求心力がこう、急激に上がってる証拠なんじゃないかと！　その賜物じゃないかと！　いわば神に近づいた証《あかし》じゃないかと！　まあ私そんなふうに思っているわけですけども。

さあドブ！　お前もそろそろ年貢の納め時だ！　俺には百万の信者がついてる！　いまの俺は神だ！　ドブ、罪を償う準備はできているか⁉

小戸川のタクシーの助手席で、ドブのスマホがわめき続けている。例の樺沢ってコビトカバの動画だ。あのカバ、「バズりたい」ってくり返していたけど、こんな形で承認欲求を満たしてくるとは思わなかった。

諸刃《もろは》っていうか、自分の方に刃が向くとは思わないのだろうか。

ドブが胃痛でも堪《こら》えるような顔をしている。キバが動いて舌の鳴る音が聞こえた。

動画を見終えて、助手席のドブに小戸川は言う。

「憔悴《しょうすい》しきってんじゃねえか。繊細なんだな意外と」

「ああ……。この世の罪が全部俺のせいにされてる気がしてな。……ネットの影響力っていうのを俺はよくわかってなかった。個人が特定できないから、まるで町を歩く全員が敵に見えちまう」

「限りなく自業自得だろ」

　ドブが目だけで小戸川を見た。

「……このドクロ仮面が使った拳銃は俺のもので間違いない。だからこそタチが悪いんだ」

「こないだ言ってた、『ボスにもらった拳銃をなくした』ってヤツか」

「ああ……。おそらくこいつが俺の拳銃の隠し場所を見つけたのは偶然だろう。だが、結果としてキャバクラ襲撃も俺のしたことになっちまう」

「じゃあこのドクロはお前を貶めるためにやったってことか？　例のヤノってヤツか？」

「いや……、ヤノではない。……と思う。ヤノならもう少し意図が見えるはずだ」

　ドブがくり返し動画を再生している。三回目で耐えられなくなったらしく音声をミュートにした。無音の動画をポーズしてそれを小戸川に示す。

「なあ小戸川。このドクロ、ピアノの上に乗ってきょろきょろしてるだろ。誰かを探してるみたいに見えねえか？」

ドブが小戸川を見ている。目を鋭くして言った。「お前……、この時この店のトイレにいたんだよな」

意外なことを言われた。

「おいおい。まさか、俺を狙ってこのドクロが来たって言いたいのか？」

「お前、誰かに怨《うら》まれてねーか」

また意外なことを言われた。小戸川は妙に追い詰められる。問われると考えてしまうからだ。自分が認識していないだけでどこかで誰かを傷つけているのかもしれない。その結果、その誰かに怨まれている可能性だって否定はできない。

自分の生き方に自信はない。

「俺が……？　そんな心当たりは……」

ドブの目が強かった。

「車のガラスも割られたんだろ？　同じ時、同じ場所で銃撃にも居合わせた。偶然だってんなら何殺界だよ」

眉間の皺《しわ》が深くなった。「……何も盗られてない。もちろんドラレコのデータも」

ドブが目を細めて考えている。

「だからこそだ。あえてこのハロウィン男の意図をくみ取るとしたら、銃撃や窓ガラスの破壊で、こいつはお前を精神的に追いつめようとしてるんじゃねえか？　その後、肉体的に追い詰めてくるかどうかはわからないがな」

「…………」

ドブがさらりと言った。「なあ小戸川。共闘しないか」

「共闘……？」

「お前は、理由はどうあれドクロ仮面に狙われている。俺はドクロ仮面から拳銃を取り返さないといけない。目的は一緒だろ」

「…………」

「まあ小戸川くんは自分の命とかどうでもいいみたいだから、こういう提案に及び腰になるのはわかる。で、こちらからの条件提示なんだが」

ドブが人差し指を立てた。

「剛力医院の剛力院長が、病院を再開できるよう手回ししてやる。どうだ？」

小戸川は考える。ドブは大勢の人を苦しめている悪人だ。俺もこいつを懲らしめたいと思っている。平気で人を騙すし、一人の人間の人生を壊すことくらい何でもないと思っているようなヤツだ。知ってる。けど……、ドブは思っていたよりずっと賢《さか》しい。自分の益となることなら約束を守る。いや、契約を果たすって言い方が正しいか。

「……わかった」

ドブが少しだけ口元を弛《ゆる》めた。右手を差し出してくる。「交渉成立だな」

小戸川は手を伸ばさなかった。

「いや、もう一つ。こちらから条件がある」

ドブが警戒するように表情を険しくした。

「なんだ」

自分の感情がよくわからない。なぜ俺はリスクを冒してまでこんな交渉をしようとしてるんだ。

もしかして俺って、自分が思っているよりずっと馬鹿なのかもしれない。ぜんぶ幻想だってわかっているはずなのに。

「……白川さんを解放してくれ。彼女の借金をチャラにしてほしい」

ドブが小戸川を見た。黙ったままじっと、何秒も。

小戸川が喉の渇きを覚えた頃、ドブが助手席に背中を埋《うず》め、前を向いたまま肯いた。

「わかった。交渉成立だ」

5　柿花と市村しほ　@東京湾

ネットで調べまくって、セレブがしそうな遊びをピックアップしてみた。その中で実現が可能そうなものを探す。柿花の信用と履歴で借りられる金と釣り合うものを探す。

東京湾で小さなクルーズ船を借りて、その上で風を浴びながらシャンパンを飲む。

どうよこれ。

意気込んでなんとか実現させたけど、隣で風を浴びているしほちゃんは完全にビッグサンダー・マウンテンのノリだった。

「わあ！　すごいすごい！　速い！　水しぶきすごい！」

想像と違う。なんかもっとこう、互いに見つめ合ってそこに夕日が……、みたいな感じになると思っていた。

柿花は保護者みたいな顔になって笑う。けどまあいいか。しほちゃん、楽しそうだし。

「ほらー。しほちゃんもいろいろ遊びを知らないとね！　今度はさ、東京タワーが真

横から見えるスカイラウンジに連れて行ってあげるよ！」

　ホテルの高層階の夜景が売りのレストランなら雰囲気が整うかもしれない。そしたらこの指輪を彼女に渡そう。きっと大丈夫。受け取ってくれるさ。こんなに楽しんでくれてるんだし。

「わーい！　カッキー、大好き！」

　しほちゃんの笑顔を前にして、柿花は背広の胸ポケットのふくらみにそっと触れる。

　このポケットから指輪を出す時。

　そのタイミングをずっと計っている。

6  小戸川と  白川　@小戸川自宅

　白川さんからメッセージが届いていた。小戸川は部屋の真ん中で大の字になり、スマホを掲げてそれを読む。
　木目の浮かぶ天井が見えている。
　——小戸川さんには迷惑をかけて本当にごめんなさい。なぜかドブさんから、もう協力もお金もいらないと言われました

メッセージは続いている。
――何か裏がありそうだけど……、これでドブさんとの関係、解消されたのかな
白川さんが言っていた。
――小戸川さんに、許されるといいな

剛力の医局が閉じてから数日が経《た》った。入り口には「都合により閉局させていただきます」と書かれた張り紙がされていた。

あれから剛力とは一度だけ電話で話した。剛力は言っていた。

〈白川さんが謝罪に来たよ〉

「……そうか」

〈お前が心配していた通り、ドブと繋がっていたらしい。薬の横流しはドブの指示だったそうだ〉

「……うん」

〈もう、ドブとの関係は解消されたって言ってたぞ。小戸川、お前が動いたのか？〉

「…………」

〈まあお前は答えないよな。お前はそういうヤツだもんな。――だが、容易じゃない

ぞ。白川さんを解放してお釣りがくる条件を、お前、ドブに提示したんだろ？〉

「……何のことだ。知らない」

〈俺の独り言ってことでいいから聞いてくれ。白川さんから聞いた。お前、ドブの仲間になる振りをするってな。ドブを懲らしめるために〉

「…………」

〈お前、白川さんだけでなく俺まで救おうとしてるだろ。何がお前をそこまでさせるんだ。どれだけのリスクを背負うかわかってるのか？　下手すりゃ殺されるぞ。なんでお前が、俺や白川さんのためにそこまでするんだ〉

「…………」

〈俺はお前に何をしてやれる〉

「…………」

〈俺はお前の不眠すら治せなかった。お前と話して一緒に笑うことしかできなかったんだぞ〉

「いいよ。それで」

小戸川は電話を切った。

白川さんは約束を守った。

剛力は白川さんを守った。

俺はそんな二人を、信じてみたいって、思い始めている。

7 小戸川とドブ　@渋谷

本当にドブと協働することになるとは。半月前にはとても信じられなかったことだ。

「樺沢は顔が割れてるからまだいいとして、ドクロ仮面はどうやって捜すんだ？」

剛力の医局の再開と白川さんの解放を条件に協力を受け入れた時、小戸川の質問にドブは答えた。

「ハロウィンだ」

ドブは小戸川に淀みなく話した。

「作戦はこうだ。ハロウィン当日、俺は例の拳銃男と同じドクロの仮面をかぶって渋谷を練り歩く。そうすることで何らかの接触があると思う。……樺沢と拳銃男の共通点は、いずれも自己顕示欲が異常に強いってことだ。樺沢はネット上で自分のことを『神』とか言ってやがるし、拳銃男はキャバクラのピアノの上に立って天井に拳銃をぶっ放してる。どっちも『俺を見ろ』って叫んでやがる」

「なるほどな。ハロウィンの渋谷ならドブは顔を隠せるし、樺沢や拳銃男を引き寄せやすい」

「そうだ。俺がこいつと同じドクロの仮面をかぶっていれば、本人なら『ニセモノだ』と思って接触してくるかもしれないし、関係者なら『ホンモノだ』と思って接触してくるかもしれない。いずれにせよ尻尾《しっぽ》が摑める。それに……」

「あわよくば樺沢も食いつくかもしれないわけか」

「ああ。樺沢はキャバクラで拳銃をぶっ放したドクロを俺だと思ってる。あいつ、俺を捕まえるって豪語してただろ？　本人か取り巻きかはわからないが、おそらく俺に絡んでくるはずだ」

「いい作戦だ。けど、ドクロの仮面をかぶってて相手の顔がわからないのは、こっちだって同じなんじゃないのか？　俺たちは、もしドクロ仮面を捕まえても、マスクをはぎ取るまでそいつの素性がわからない」

「そこで小戸川、お前に協力してもらいたい」

「……？」

「お前、人混みの中で特定の人物を探したり、後ろ姿や解像度の低い画像から人を特定するの、異常に得意だろ」

「…………」

「こないだの白川の写真の件でそう思ったんだ。俺がお前に見せたアイコンの白川は、俺との専用のアカウントで、お前にとっては初見のはずだった。しかも完全に後ろ姿だ。なのにお前は一瞬で白川だと見抜いた。お前は何か……、人相以外の別の何かで個人を特定している気がする」

「何だよ……、それ」

「何なんだろうな。あれか？　オーラとかそういうのが見えてるのか？　それともただ記憶力が異常なだけなのか？　いずれにせよ、お前は何か特殊な能力を持ってる。お前、今までにタクシーに乗せた客の顔、ほとんど全部覚えてるんだろ？」

前に白川さんにそんなことを話したのを思い出した。それがドブに伝わったのか。

「あたりまえだろ。客商売なんだから」

「いやあたりまえなわけないだろ。一日に三十人の客を乗せたとして、それを二十年も続けりゃ二十万人以上だ。しかもお前、十年前に一度だけ乗せた客が今乗ってきても同一人物だってわかるんだろ？　異常だよそれは」

「…………」

「お前のその能力がどういう意味を持つのかは俺にはわからない。どうでもいい。だが、今はその能力を使わせてほしい。お前なら、たとえマスクをしてても樺沢が見つけられるだろ？」

何の根拠もないのに、単純に「できる」と思った。今まで、自分のこの世界があたりまえだと思っていたのに違うのか。みんなには俺みたいに、世界が見えていないのか。

なんなんだ。俺は。

十月三十一日。渋谷。暑くもないのに小戸川の額に汗が浮く。

やばいだろこれは。何だこの人混みは。

センター街を仮装した人々が歩いている。街のあらゆる隙間を埋め尽くそうとしているみたいに次々人が湧いて出る。顔半分を赤く染めたゾンビとすれ違った。百鬼夜行の中、ひとり素顔の小戸川にゾンビの方がギョッとした顔をしていた。

ドブと待ち合わせている喫茶店に急いだ。あまりこの場所に居たくない。空気が薄い。汗ばっかり出る。

二階の窓際の席。街を歩く人々が見下ろせる席にドブは居た。ドクロの仮面の口のところから黄色いキバが見えている。後ろのテーブルではミイラ男と魔女が歓談している。

小戸川はドブの対面の椅子に腰を下ろした。同時に言う。

「お待たせ」

ドブが低い声で応じた。「やっぱりこの格好でもお前は俺がわかるんだな」

あたりまえだ。

「まあドクロの仮面かぶってくるってお前言ってたしな。それでなくてもわかるけど」

「もしかして体格か？　それとも俺やっぱ街に馴染《なじ》んでないのか？」

「いや。馴染んでると思うよ。ただ俺は、なんていうか、被《かぶ》り物とか化粧とかあんまり関係ないんだ。一度顔を見れば、あとは人混みだろうが仮面をかぶってようが見つけられる。だけど、顔も見たことないヤツが全身被り物をしていたらお手上げだ。わからない」

ドブが呆れたような感心したような顔をしている。

「つまり、群衆の中の樺沢は見つけられるけど、拳銃男は見つけられないってことでいいのか」

肯いた。「そうだ」

ドブがスマホの画面を見せてきた。見たことのない画面だ。

「樺沢のオンラインサロンだ。あいつ、視聴者が増えたのに乗じてあこぎな商売してやがるぜ。登録料が月に一万円だとよ」

「登録したのか」

「ああ。偽名でな」

登録者名のところに「ditch-11」とある。これがドブの偽名か。

「樺沢発信の情報によると、今日、この街に樺沢太一とその取り巻きたちも来ているらしい。笑えるぜ。あいつら、俺たちとまんま同じ作戦を考えてやがる。『ドクロのコスで渋谷集合。ドブ捕まえたヤツには賞金百万円イベント』だとよ。コミュニティに登録しているバカな信者が何人か参加しているらしい」

「好都合だな」

「ああ。誘蛾灯《ゆうがとう》に集まって死ぬ虫みたいなもんだ。見ろよ。奴ら随時互いの居場所を発信し合ってる。ここに行けば誰かいる。とりあえず近場のドクロのところに行くぞ」

立ち上がった。

「ああ」

本当にいた。ドクロの仮面をかぶって、むき出しの拳銃を片手に辺りを窺うようにきょろきょろしながら歩いていた男を、ドブが後ろからひっ捕らえてなんなく路地裏に連れ込んだ。連れ込んだ勢いのまま相手を濡れた路上に突き飛ばす。地面に尻をついた男をドブが見下ろしている。

小戸川は少しだけ気圧《けお》されながら言う。

「こいつの持ってる拳銃、本物かもしれないんだろ。気をつけろよ」

ドブが答えた。同時に地面に転がっているドクロの顎を蹴りあげる。

「本物じゃないと困るんだよ」

そこからはもうただの蹂躙《じゅうりん》だった。顎を蹴りあげられて、路地裏のゴミ箱にドクロ仮面が突っ込んだ。ドブが地面に落ちていた竹ぼうきを拾い上げて何のためらいもなくそれをドクロの頭に斜めに振り下ろした。予想と違う重い音がしてドクロの男が「あ」と奇妙な声を上げた。何度も振り上げては下ろす。一言も話さない。当たり所を気にしてないから耳とか肩口とかお構いなしだ。すぐに悲鳴も聞こえなくなった。ゴミにまみれてゴミ箱と一体化したドクロが、涙まじりの声で「やめて……」と呟いた。

ドクロの仮面が外れて泥にまみれていた。ドブが舌を打つ。

やっとドブが喋った。「樺沢じゃねえな」

「……僕のは、コ……、コスプレで……」

「じゃあその拳銃もニセモノか。拳銃持ってキャバクラ襲った犯人のコスプレって、あー、嫌な趣味してやがるなぁこいつら」

「あんただって……、同じ格好……。それに、キャバクラを襲ったのは……、ドブだから、僕じゃ……、ない」

ドブがドクロの仮面を外した。素顔を男に近づける。

「俺がドブだ。俺はキャバクラを襲ったりしてねえ。別の誰かだ。その別の誰かを探してる」

血にまみれた男の髪を鷲掴《わしづか》みにした。ぐいと持ち上げる。

「お前、樺沢のコミュニティの会員だろ。樺沢はどこにいる?」

ドブがそう言った時、背後でガサリと何かを踏む音がした。小戸川は振り返る。

路地の入り口。そこにスマホのレンズが光っていた。スマホを構えているのはドクロの仮面をかぶった男だ。ドクロの上に青い小さな二つの耳が見えている。カバの耳だ。

咄嗟《とっさ》に叫んだ。「おいドブ!　樺沢だ!」

ドブが男の頭を地面に叩きつけ、その勢いで立ち上がった。振り返ると同時に走り出す。

「本物が釣れたか」

樺沢が背を向けて駆け出した。センター街の人混みに向かっている。小戸川も走り出す。路地裏のぬかるみに足を取られた。ドブはお構いなしに小戸川の体を掴み、小戸川を支柱にして前進の勢いに変えた。樺沢にグンと近づく。

樺沢の息の音が聞こえる。はあっはあっと肺がふくらんで萎《しぼ》む音が聞こえる。

樺沢がハロウィンの人混みに突っ込んだ。通行人の何人かが「うわっ」と悲鳴を上げた。一瞬で姿が見えなくなった。ドブが構わずに通行人の波に突っ込もうとする。

その瞬間、声が上がった。

「ドブじゃん！」

ドブの足が止まった。通行人の何人かがスマホを構えてドブを撮影し始めた。声も聞こえる。

「じゃあさっきの樺沢太一⁉ ドブと闘ってたのか⁉」

「あいつのあの動画、本気だったのかよすげえ！」

ドブが地獄でも見たような顔になった。踵《きびす》を返す。

小戸川の脇を抜けて路地裏に消えていった。声をかける。「おい、ドブ！」

振り返らなかった。短く言われただけだ。

「ダメだ。作戦を立て直す」

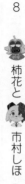

8 柿花と市村しほ　@芝浦埠頭

しほちゃんから「会いたい」ってメールが来て、柿花は息を切らせて港近くの路上を走っていた。

どうしてこんな場所で待ち合わせなんだろうと思う。夜の十時を回っているし、こんな場所にお店なんかないし。でも、お店がないってことは人がいないってことだ。人がいないってことは二人きりってことだ。そこで待ち合わせたいってことは、二人きりになりたいってことだ。

柿花はスーツの胸のポケットに手を触れる。チャンスかもしれない。

十万円もした指輪だ。しほちゃんのために、もう何十万円も使ってしまった。けどそれもすべて彼女の笑顔のため。柿花は夢中だ。そして必死だ。

今日こそ、しほちゃんに想《おも》いを伝えるのだ。

息を切らせたままスマホに呼びかけた。

「ごめんしほちゃん。今ついたよ。どこにいるのかな?」

街灯がないから辺りは薄暗かった。目印になりそうなものはどこにもない。建設途中のビルの陰、資材の積み上げられたスペースに人影が見えた。手招きしている。

「あ! しほちゃんそこにいたんだ!」

柿花は顔中の筋肉をぜんぶオフにしてだらしない笑顔を作った。暗闇の中しほちゃんがゆっくりとスマホを下ろすのが見えた。表情は見えない。

「待たせてごめんね! 部下がちょっとミスしちゃって。そのフォローに時間かかっちゃってさ。寒かったでしょ?」

「ううん。ちょうど良かったよ。カッキー」

柿花は笑顔のまま間の抜けた返事をする。「え? ちょうど良かったって?」

しほちゃんが笑った。いつも見せてくれる、首を少しだけ傾げた無邪気でかわいい笑顔。

笑顔を目にした瞬間、柿花の視界がコンクリートの地面になった。頬がコンクリの凹凸に擦《こす》れている。立ち上がれない。頭の後ろがジワッと熱を帯びて、あったかい何かが額と頬を伝ってコンクリートを黒く染めた。何が起こったのかわからなかった。

声だけが落ちてきた。知らない男の声だ。二つある。

太い声が言った。

「こいつで間違いないな。何だっけこいつの名前」

しほちゃんの声がした。

「柿花英二」

「柿花だな。わかった」

今度は別の男の声。こっちは細い声だ。

「おつかれ。じゃああとはこっちで処理するから。気をつけて帰るんだぞ、市村。明日の渋谷のイベント、遅刻するなよ」

またしほちゃんの声がした。男の声掛けに応じている。

「うん。わかってる」

柿花だけが、何もわかっていなかった。

9  小戸川と  ドブ　@小戸川タクシー

スマホの画面の中、樺沢太一の息が荒い。破裂寸前の風船みたいに顔を真っ赤に膨

らましている。

最初からずっと叫んでいた。

——樺沢太一だ！　まさに今しがた、ついにドブの悪行をカメラに収めることに成功した！

見てくれ！　完全にドブだ！　ドブが何の罪もない一般人を一方的に痛めつけてる！　ハロウィンの渋谷で行われた凶行だ！　動かぬ証拠だ！

樺沢オンラインサロンで催した『ドクロのコスで渋谷集合。ドブ捕まえたヤツには賞金百万円イベント』の成果だ！　仲間から犠牲者が出ちゃったけど、でもこいつは勇者だ！　ドブの悪行を白日の下に晒した英雄だ！　みんな、彼を称《たた》えてくれ！　そしてドブを憎むんだ！

これを撮影したのは樺沢太一、俺本人だ！　俺もこの目でドブの悪行を目にした！　許せない！　やっぱりドブは悪魔だってことを再確認した！　みんなもそう思うだろ？　だからみんなでドブを追い込もう！　俺も協力するぞって人は、今すぐ樺沢オンラインに入会だ！　月額たった一万円で、この樺沢太一とコミュニケーションが取れるし、ドブの情報を共有できる。悪魔の化身、ドブを退治するという偉業に参加できるんだ！　いまや会員は一万人を超えようとしてる。さあ今すぐ登録を！

でだ。ここからは「これから」の話だ。

さっきの動画見たよな。俺が撮影したドブの動画。最後のところおかしくなかったか？『おいドブ、樺沢だ！』ってこれ言ったヤツ誰だよ。確かに俺は樺沢だよ。樺沢太一だよ。だけどあの時、俺はイベントの最中でドクロの仮面被ってたんだぞ⁉なのにコイツ思いっきり名前呼んでんじゃん。なんでわかんだよ。わかるはずないだろ⁉だからわかってんだよ！　樺沢オンラインのコミュニティ内に裏切り者がいるんだ！　サロンのメンバーは互いの位置情報を交換してた。だからこいつはこの時俺がここにいることを知ってたんだ！　つまり裏切り者だ！　こいつも敵だ！　コミュニティの中の裏切り者。こいつを見つけ出した奴にも百万だ！　ドブとこいつで二百万だ！　さっさと調べろよお前ら！　さあ、動け！


動画を見終えたドブがため息と一緒に言った。

「再生回数がうなぎ上りだな。クソ」

小戸川も自分のスマホを見る。樺沢のアップした動画にコメントが並んでいる。

――樺沢様マジ神
――ドブと真っ向対決じゃん

──渋谷にマジでドブが現れたんだろ？　追い詰められてるなドブ
パッと見たところ、こういうのが八。

──感じ悪い
──結局一発屋だろ。ホントはチキンだろコイツ
こっちが二。

小戸川は思う。さっきの配信を見ていて感じた。たぶんあと数日で、比率は逆になる。

ドブが助手席に深々と背を埋めた。疲れているようだ。

「街中の目が俺を見てやがる」

小戸川は否定しない。「そうだな。さっき一斉にカメラがお前を写し始めた時、現代人が落ちる地獄ってこういうのかな、って思ったよ」

ドブが項垂れている。「俺も似たようなことを思った」

小戸川のスマホが鳴り出した。画面に「山本」と表示されている。

「あ。ミステリーキッスのマネージャーからだ」

ドブが体を起こした。小戸川に訊ねる。「例のドラレコのデータを欲しがってるヤツか」

「そうだ」

「スピーカーにして出てくれ」

画面をタップする。山本の声が車内に響き渡った。

〈あ、小戸川さん？ 悪いんだけど、今すぐ配車頼めるかな？〉

小戸川は答える。隣でドブが息を潜めている。

「急だな。俺じゃなきゃ駄目なのか？」

山本が笑っている。

〈配車って急なものでしょ。例のほら、人目に晒せない子たちを乗せなきゃだからさ〉

「どこ？」

〈渋谷のちょっと外れたところなんだけど〉

ドブを見た。ドブが無言で肯く。

「わかった。十分くらいで行くよ」

〈いや助かるよ〉

通話を終えると同時にドブに言った。「どうする？ ドラレコのデータ譲ってくれって言われるよたぶん」

「そうだな。俺をトランクに乗せてくれ。いざとなったら俺が出て行ってそいつにいろいろ吐かせる。ドラレコのデータ持ってるのは俺なんだ。その山本だって俺に会いたいはずだろ？」

「それは断る。現時点では、俺にとってはただのお客さんだ」

「……頭固《かて》ぇな。じゃあこうしよう。データが欲しいって言われたら、『十億で売る』って答えてくれ」

10 小戸川と山本と市村しほ　@小戸川タクシー

ドブと別れて山本マネージャーの指定の場所に向かった。渋谷の外れ。なぜか路地裏みたいな場所に山本マネージャーと女の子が二人並んで立っていた。女の子の方はつばの広い帽子を目深《まぶか》にかぶっているけど猫だ。三毛猫。
山本マネージャーが乗り込んできて小戸川に言った。三毛猫の女の子も山本の隣に収まる。
「ごめんね急に呼び出して。小戸川さん、秋葉原のスタジオまでお願いします」
女の子の方は車内に入っても帽子を取らなかった。まるで顔を見せるのを恥じてい

るみたいだ。

ルームミラーを見ながら小戸川は思う。

――前に乗せた風呂好きの子だな。名前、何てったっけな。

しばらく走ってから、三毛猫の女の子が小さな声で言った。

「ねえ山本さん。私がその……、ヤ、ううん、男の人に会って直接話すの？」

山本の声は冷たかった。そこは譲らないって声だ。

「ああ。市村は例のビジネスをやめたいんだろ？　だったら悪いが、自分で言ってくれ」

三毛猫がふくれている。それを見て小戸川は思い出す。

――市村しほ。ミステリーキッスのメンバーだ。

「あのターゲット、失敗だったらしい」

「頑張ったのに私」

「え」

「ぜんぶ嘘だったみたいだ」

「嘘でしょ？　じゃあお金なかったのあの人。え、うそ。ホント？」

「ああ。その失敗もあってかなり立場がまずいんだ。お前もうまく話せよ」

市村メンバーが黙り込んだ。小さな体をさらに小さくしている。

その話はそれでおしまいらしかった。車が渋谷を出たころ、山本がふと思い出したような素振りで切り出してきた。

「あ、そうだ小戸川さん。思い出した」

来たな、と思う。

「こないだの話さ。ドラレコのデータだけど、譲ってくれるかな？」

小戸川はさらりと応える。

「ああいいよ」

「そう。よかった」

「売ってやるよ」

「ああそう。いくら？」

「十億」

「ははは」

「何で笑うんだ？」

「………………」

「九億で買うって人が現れたんだ。だから十億」

「……嘘だろ？　誰？」

山本の表情が変わっていた。凍りついたような顔になっている。

「言えない」

「それが本当なら相談しなきゃいけない」

「ああ。大いに相談してくれ。俺は別に九億でも十億でも困らない」

山本が尖った声のまま告げた。

「小戸川さん。目的地変更してくれ。芝浦の埠《ふ》頭《とう》まで頼む」

11 柿花と市村しほとヤノ&関口　@芝浦埠頭

こんなシーンを何かの映画で見たような気がするんだけど、その映画の名前がどうしても思い出せない。港のさびれた倉庫に閉じ込められて、むき出しの鉄柱にロープでくくりつけられて身動き一つできない状態でひたすら監禁されるやつ。薄暗い倉庫には大柄の男とその上役らしい冷たい目をした小柄な男がいて、どっちも、ここに人が括《くく》られて息も絶え絶えなのに興味すら示さない。
あの大柄の男に後頭部を何かで殴られて気を失ったらしかった。そのままここに連

れて来られ、縛られてから数日経った気がする。時間の感覚がなくなっている。空腹も尿意も感じない。床にべったりついた尻がただただ冷たい。

なんだこれ。

というか、頭がまるで回らない。

男二人が会話している。大柄な男の方が言っている。

「ヤノさん。駄目でしたコイツ。ぜんぜん金なんか持ってない。実際は非正規の清掃員で、しかも借金まみれです」

小柄の男が応じている。喋るたびに小刻みに肩が揺れる。

「借金まみれで破れかぶれ　嘘ついてってことなんだね彼　こいつの名は何持ってるのは何だいミスター関口《せきぐち》」

柿花には目もくれない。喋り方も妙だ。ラップみたいにいちいち韻を踏んでいる。

関口と呼ばれた大柄の男が忌々《いまいま》しそうに口を開いた。

「柿花英二。四十一歳です。持ってるのはこの……、指輪ぐらいですね」

ヤノという男が指輪を受け取ってまたライムを刻み始めた。

「マリッジリングって切ないな　嘘ついてまで結婚したいか？　最近のおっさん脳みそ退化？　行き着くところは首つり死体か？　ニセモノの恋に貢ぎ物　こっちからす

りゃとんだ食わせ物　なんの足しにもならねえそんな安物　おい返しとけそいつの懐」

ゴミみたいに放り投げた。柿花は鉄柱に縛られたままそれを見ている。

やっぱり状況が理解できない。

すりこぎを擦るみたいな掠れた声が出た。

「……しほちゃんは……？　しほちゃんは、無事なん、……ですか」

ヤノという男が立ち上がって柿花のところまでやってきた。しゃがみこんで、柿花の顎に指を当てて顔を上げさせる。

「よお柿花ちゃん　お前がワンチャン狙ってた姉ちゃん今さら信じたってそれ無理あるじゃん　お前の資産欲しさに媚《こ》びる計算　高い女なんだからもう退散　してるしつまりは美人局《つつもたせ》　ダセエお前をしばらく泳がせ惰性で花持たせしゃぶり尽くして最後に殺せって指示してんのはこの俺」

柿花には理解できない。耳と脳みそが拒んでいる。受け入れたら壊れてしまうと直感している。

「しほちゃんに……。しほちゃんに会わせてください……」

言っていたら涙が浮いてきた。無精ひげの浮いた血と泥で薄汚れた頬を涙が伝う。

ヤノがそれを見て声を上げずに笑った。唇だけひん曲げる笑いだ。

重い鉄のドアが開く音がした。関口がサッと立ち上がってドアに向き直る。シルエットになって、肩幅の広い男と帽子をかぶった小柄な女の子が並んでそこに立っていた。男の方が関口に告げている。

「山本です。ちょっとお話があって」

関口が応じている。

「どうしたんだその女」

「……美人局、やめたいらしくて。ちょっとヤノさんと話を……。それと、それ以上にちょっとヤバい話を聞いたんで」

関口がこっちを向いた。ヤノは柿花をずっと見ていてドアの方を向かない。

「今無理だ。ヤノさんが楽しんでる」

「しかし……、例のドライブレコーダーの話で」

男が倉庫内に踏み込んで、ようやく明かりの角度が変わって顔が見えた。女の子の顔も見えた。その瞬間に叫んでいた。

「しほちゃん！　しほちゃああん！」

関口と山本という男、それにしほちゃんが一斉に柿花を見た。ヤノはずっと柿花を見ている。

ボロッボロ涙がこぼれる。命が漏れ出しているみたいだ。

「しほちゃん！　騙されてるんだね！　俺が守ってあげるから！　こんなヤツら、俺が！」

関口が近づいてきてそのまま柿花の腹に蹴りを入れた。柿花は涙と一緒に謎の液体を吐く。

それでも笑った。彼女を安心させるために。

「大丈夫しほちゃん。俺強いんだホントは！　もうね、あらゆる格闘技に精通してるから！　ちびっこ相撲からなんとか柔術まで！」

山本という男としほちゃんが倉庫の中ほどまでやってきた。柿花にはもうはっきりとしほちゃんの顔が見える。彼女からも見えているはずだ。鉄柱に繋がれて泥と血に汚れた恋人の姿が。

「勘違いしないでよおじさん。マジで無理だから」

涙が出る。でも笑う。

「しほちゃん、それも言わされてるんだろ？　楽しかったじゃん！　美味《おい》しいものいっぱい食べてさ」

「しんどかった。だからもうやめたいんだ。美人局」

「嘘ばっかり！　嘘つき！　しほちゃんはそんなこと言う子じゃないだろ！　嘘だ！」

「ホントだっての。嘘つきはおじさんでしょ。貧乏人」

頬の筋肉が引き攣《つ》りそうだ。笑いたいのに笑えない。叫びたくないのに叫ぶよりない。

心が弾け飛びそうだ。

「何でだよ！　なんでそんなこと言うんだよ！　信じられないよ！」

信じたくないよ。

「嘘だ嘘だ嘘だあ！　うわあああああああああ！」

「うるせえよ」

また腹を蹴られた。喉がギュッとなって声が出なくなった。ていうか息ができない。

「うう……。うぐう」

関口が柿花に背を向けた。そのまま言う。「で、山本、やばい話って何だ」

山本という男は、吐瀉物《としゃぶつ》と血にまみれている柿花を見て少しばかり動揺しているようだった。声が震えている。

「……ドラレコのデータのことです。例のタクシードライバーに十億で売るって言われました。なんでも、他に九億で買い取るヤツが現れたって……」

「あ？　九億？　嘘ついて吹っかけてるんだろそれ」

「だといいんですが……。早くデータを手に入れないと、いつ見つかるかって俺あれから眠れなくて……。なんか、今にも玄関のチャイムが鳴るんじゃないかって……」

「お前もうるせえな」

関口が山本の胸を突いた。山本が床に転がる。転がったまま声を裏返らせた。

「ミステリーキッス今いい感じなんです！　もうすぐCD発売が控えてるんです！」

「何だそりゃ。今後、もっとアガリが増えるっていう意味か？」

「はい。それに……、うちの二階堂のファンで、宝くじで十億当てたってヤツがいるんです。真偽は不明ですが、そいつがかなりの金を落としてくれるんじゃないかと……」

「十億持ってるならそいつ直接襲った方がいいだろ」

山本が尻をついたまま叫び返した。「それだとミステリーキッスが大きくならない！」

ずっと柿花を見ていたヤノが腰を上げた。それだけで皆黙る。

「オッケーオッケー　かわいいよなほんと二階堂　今度言っといてよ今夜俺と二回ど

う？　話は聞いてた　それたぶんドブさん噛んでる」

関口が声を落とした。「ドブさんが九億でデータを買い取ると？」

「そう踏んでる　十億の持ち主もドブさん把握してる　俺たちにそいつ襲わせようとしてる　もしくはドブさん自ら奪う覚悟　手に取るようにわかる思考回路」

「どうしますか」

「敢《あ》えて乗っかってみてもいいかもな　こっちからしてもそいついいカモだ　一千万二千万なら話は別途　リスクをベットして十億ゲット　俺の真似《まね》してドブさんメイクマネー　紛れもねえ紛いもん　倒してえけど今日はもう眠てえよ」

「柿花はどうしますか」

ヤノが柿花を見た。卸市場で魚を見るような目。

「こいつの命　ゲームプレイヤーでいうところの残機　つまり捨てれるコマ持っとけ万事　多けりゃ多いほど備えれる惨事」

ヤノが柿花のスマホを手に持っていた。それをいじってから柿花に顔を近づける。

「宝くじの十億換金するまでお前を監禁するだけの話　だから柿花　体力のもつ限り生きろ　気は確かか？　最後かもしれねえから話し方忘れる前に話しとけ　今かけたから」

ヤノが柿花の耳元にスマホを押し付けてくる。その隙間に見えた。画面に「母ちゃん」と表示されている。

また涙が出てくる。

繋がるな。

でも、
最後に、繋がってほしい。

呼び出し音が止んだ。繋がってしまった。強制的に心の中がさらけ出される。何だこの力。心の中がぜんぶ漏れ出す。

「あ……、母ちゃん……。ごめんこんな夜遅くに……。あ、いや……。何でも、ないんだけど」

喉に落ちてきた涙を飲み込んだ。

「げ、元気かなって思って……。あ、あのさっ。こないださっ」

沸騰した湯を喉に流し込まれているみたいだ。

「お、俺っ……。け、結婚するかもって、言ったじゃん」

内臓が全部ひっくり返りそうだ。胃の中がグッグツ言ってる。

「ごめん……！　あ、あきらめて……。ホント、ごめんね」

ヤノが口を押さえて笑っていた。楽しくてしかたないって感じに。

通話を終えて柿花は顔を俯ける。

顔を上げられない。

しほちゃんがどんな顔をして柿花を見ているのか、怖くて見られなかった。

12 小戸川と大門弟　@小戸川自宅

「マジかよ……」

家に帰ったら、居間の漆喰《しっくい》の壁に穴が開いていた。真っ黒い穴とその周りにいくつものひび割れ。まっすぐ振り返ったらそこはガラス窓で、ガラスの真ん中にやっぱり穴が開いていた。砕け散ってはいない。ものすごい勢いで小さな弾丸が貫いたからだ。銃撃の痕だ。

すぐにでも通報しなきゃならない。そう思ったけど踏み止《とど》まった。状況を整理したい。

だから、大門弟を連れてくることにした。銃撃の犯人の目星がついていない今、事を公にするのは得策じゃない。かといって自身の身の安全のためにも放っておくわけにはいかない。警察側の動きも知りたい。だから大門弟だ。兄と違ってドブと繋がっていないし、「正義」を公言するようなヤツだから妙な悪知恵も使わないだろう。

様子を探りながら大門兄弟の勤務する交番に出向いた。メガネをかけた大門弟が一人でいるのを確認して声をかける。

「今日は兄貴は？」

大門弟は小戸川を見ていきなり切れた。「なんだなんだタクシードライバー！　出頭か⁉　出頭しに来たのか⁉」

「質問してるだろ。兄貴はどうした？」

「あのなぁ！　バカなお前に教えてやるよ。兄ちゃんはな、日勤っつってなあ！　もう上がったんだよ！」

「ちょうどいいや。事件だ」

「なに⁉」

「俺の家に銃弾が撃ち込まれた」

大門弟が叫んだ。「大事件じゃねーか！　一一〇番しろよ！」

小戸川は言う。

「だからお前を呼びに来たんだよ」

小戸川の家の玄関前で、大門弟は家に上がるのを躊躇った。靴を脱いでいる小戸川に言う。

「おい。お前んちに入るのか?」

「そりゃそうだろ。銃撃されてんだから」

大門弟も革靴を脱ぎ始めた。ぶつぶつ言っている。

「なんつうかお前あれだろ。ちょー言いにくいしなんて言えばいいかわかんねえけど練馬の女子高校生監禁してんだろ?」

「すっごいストレートに言われたけどそんなわけないだろ。なんでお前たち兄弟はそんなに俺を目の敵《かたき》にするんだ。俺、なんかしたか?」

あっさり言われた。

「俺と兄ちゃんの両親はひき逃げ犯に殺されたんだ。それがタクシーだった」

「それでタクシードライバーを毛嫌いしてんのか」

「その時兄ちゃんと約束したんだよ。悪い奴らは俺たちが自分自身の手で捕まえるって」

居間に上がり、弾痕を確認したらさすがに大門弟の表情が変わった。「マジじゃん」

ワタワタしている。「ちょっと待て。やっぱこれ俺一人じゃ無理なやつだわ。諸々《もろもろ》の手続きとか現場保存とかあるし」

「いや事件にする気はないんだ」

大門弟がまた切れた。

「はあ⁉ バカなのお前！ じゃあ俺が六本木でべろべろに酔っぱらってタクシー会社電話してお前が来て『家に帰るつもりはない』って言ったらどう思うんだよ！」

小戸川はあえてゆっくり言う。

「お前に、本当のことを教えてやろうと思ったんだ」

「本当のことって何だよ」

伝わるよう、はっきりと言った。

「お前の兄ちゃんとドブは仲間だ。今は、お前の兄ちゃんは悪だ」

銃痕の残る部屋の真ん中で、小戸川は一枚の紙を挟んで大門弟と向き合って座った。

大門弟も素直に膝を折る。紙の真ん中に「ドブ」「小戸川」「大門兄」と書く。

「お前……。前にもそんなこと言ってたよな。兄ちゃんは『違う』って言ってたぞ」

「それを信じるのか？」

「あたりまえだろ！　俺たち、なに卵生双生児だと思ってんだ！　いちだぞいち！」

「ドブを捕まえたくないか？」

「ドブは悪だ！　悪だから捕まえたいに決まってるだろ！」

「じゃあ話を聞いてくれ。俺は今、ドブの仲間だ」

「うわー！　じゃあお前悪じゃん！」

「落ち着け。仲間のフリをしてるんだ。お前、ヤノって知ってるか？」

「あれだろ。表に出ないタイプの悪だろ？」

「そう。ドブとヤノは対立してるんだ。……ドブが樺沢って動画配信者に追われてるのは知ってるか？」

「知ってるどころかチャンネル登録してるしなんなら大ファンだよ樺沢太一」

「志は同じだからか？」

「その通りだい！」

「じゃあキャバクラを襲ったドクロ仮面も知ってるだろ」

「ああ。あれがドブなんだろ？」

「違うんだ。ドブの拳銃を盗んだ何者かがドクロ仮面だ。そしてそいつがなぜか、俺を狙っている」

壁の銃痕を見上げた。大門弟がゴクリと喉を鳴らす。「それがこの有様だと?」

「ああ。つまり表向き利害が一致したんだ。俺はドクロ仮面から身を守りたいし、ドブはドクロから拳銃を取り戻したい」

「でもだぞ。なんで警察を頼らないんだ? お前がわざわざドブと手を組んだりする必要ないだろ」

「お前、実は結構頭いいだろ」

「えへへ」

「そこがこの話の肝だ。俺は、仲間のフリをしてるって言ったろ? 俺は、この状況を利用してドブを懲らしめたいんだ」

「なんでだよ。そういうのは警察に任せろよ」

「そこでお前の兄ちゃんだ。ドブは兄ちゃんと繋がってる。警察の情報は筒抜けだし、兄ちゃんが便宜を図るからちょっとやそっとじゃドブは捕まらない」

「お前……、それ以上言うと俺怒るからな」

「お前は、悪が憎いんだろ?」

「ああ」

「じゃあ兄ちゃんが悪だったらどうするんだ」

「………」

「兄ちゃんだけは悪でもいいのか？　それだとお前の正義がブレるだろ」

「……仮に、兄ちゃんが悪なら、俺は兄ちゃんを懲らしめる。辛《つら》いけど」

「俺も同じだよ。ドブは俺の仲間をひどい目に遭わせてる。だから懲らしめてやらなきゃ」

「………」

「状況はわかっただろ。で、ここからが本番だ。近々ドブは銀行を襲う」

「うお！　むき出しの悪じゃん！　しかも再犯じゃん！」

「その逃走の手伝いを俺がすると思う。だから、その時お前がドブを捕まえてくれ」

「……それ本当ならすげえけど、それだと小戸川、お前も一緒に捕まることになるだろ」

「わかってる。それで構わない」

「なんで」

「悪を懲らしめるためだから」

「お前……、悪の反対じゃん」

「善でいいだろそれ。信じるか？」

「にわかには信じがたいけど、謎の説得力はあったな」

「そうか」

「あのさ、最後に確認しとくけど、お前、練馬の女子高校生監禁してないんだな？」

「してないよ」

「で、ドブの仲間のフリはするけど悪じゃないんだな？」

「悪じゃないよ」

大門弟が肯いた。「わかった。タクシードライバーにも悪じゃない奴がいるんだな」

メモ帳を千切ってよこした。「俺の直通番号」


その後すぐ、無線機が鳴り出して、大門弟は小戸川の家を飛び出していった。

小戸川は家に一人になった。銃痕の残る部屋でテレビを点《つ》けた。何かの音が欲しかった。人を感じられる音がほしい。

テレビがニュースを告げていた。

〈――東京湾で身元不明の遺体が発見されました。本日未明、港区芝浦埠頭で十代から三十代の女性とみられる遺体が見つかりました。発見したのは近くの工事関係者で、警察の調べによると、別の場所で殺害された後、海に遺棄されたものと推定されてい

ます。遺体は腐敗が進んでおり、死後一か月ほどが経過していると思われ――〉

13 小戸川とドブ　@ドブのマンション

柿花が消えた。連絡が取れない。

やまびこのタエ子ママから小戸川のところに連絡が入った。

「ほら……。いい人ができたって言ってた頃から来なくなっちゃったから……。かれこれ十日くらいかしら、柿花さんの姿を見てないの」

すごく心配していた。小戸川は何度も柿花に電話した。メールもした。返信はない。

ドブの住処《すみか》だから諸々荒れているんだろうと思っていたけどそうじゃなくて小戸川は逆に引く。整理されてる。調和も取れてる。なんだか住み心地がよさそうだ。

逆に腹が立つ。

革張りのソファに腰を埋めてドブがこっちを見ている。口を開いた。「よう。来たな」

小戸川は眉を顰《ひそ》める。部屋の様子は心の中だって聞いたことがある。確かにその通

りで小戸川の部屋には何もない。生きるために必要な物しかない。で、このドブの部屋だ。

なんでだ。

「ま、座れよ」

ソファじゃなく、なぜか真正面に置かれている木製の椅子を示された。小戸川はそこに腰かける。ドブの真正面だ。

ドブがオレンジ色の瓶を傾けて喉を鳴らした。ご丁寧に瓶の中の液体にレモンが落ちている。ビール一つ飲むにもいちいちスタイルを成立させている。ドブってこういうヤツなんだな。

ドブが言った。

「で、九億で買い取るやつがいるって言ったら山本は狼狽《うろた》えてたんだな？」

さっき小戸川が電話で話した続きだ。小戸川もドブと目を合わせて答える。

「ああ。誰が買い取ろうとしてるのか知りたがってた」

「そうか。やっぱりそいつ、ヤノと繋がってるな」

「で、これからどうするんだ？」

「ああ、銀行を襲う」

普通の会話の続きみたいに言われたから聞き逃すところだった。小戸川はポケットに手を突っ込んでスマホのボイスレコーダーアプリをオンにする。それから聞き返した。

「え。今なんて？」

「聞いてなかったのかよ」

「友達が行方不明なんだ。それが気になってる」

「……銀行を襲う」

即応した。「バカなの？　いまどきどうやって」

「正確には、銀行に金を下ろしに来たやつを襲う。それを手伝ってほしい」

「……それ、リスクとリターン見合ってんのか？　あんまり大量の現金持ち歩くヤツいないだろ」

「そのくらいのリスクを負う価値はある。なんせ十億だ」

「十億……。説明してみてくれ」

「……大金を現金で引き出すとなったら用意するのに一、二週間はかかる。そのタイミングで俺に連絡が入るようになっている。何日の何時何分にこういうヤツに現金いくらを引き渡しますってな。なぜなら銀行員を買収しているから」

「あとはお好きにどうぞ的な?」

「そう。ここからはガチ犯罪だ。最近ネットで、十億当てたというヤツが現れた」

小戸川は表情に出さずに思う。ミステリーキッスの熱烈なファン、今井のことだ。

「俺が銀行員を買収してるところは宝くじの委託を受けている。高額当選の場合はその銀行に行くしかない。おそらくヤノもそいつを認識している。今回、俺が小戸川、お前を通じて山本に十億を吹っかけたことで、ヤノ側は十億当てた男に接触するだろう。脅すのかどうするのかわからんが、現金で下ろさざるを得ない状況に追い込むはずだ」

「つまりドブは、それを逆に利用する気なのか?」

「そう。俺はヤノが動くのを待ってる。漁夫の利ってヤツだ」

小戸川は今井を思い浮かべている。現時点で今井は相手がドブであれヤノであれ拉《ら》致《ち》され金を奪われるのが確定している。痛めつけられるのが決まっている。

それは避けたい。

「ていうか、ネットでそんなこと言うヤツ信じられるのか?」

ドブは揺れなかった。

「ニセモノならそれでもいい。十億当てたヤツはどこかに存在するんだ。ニセモノをきっかけに、それをヤノたちが特定してくれる」

「……しかし、十億円って現金にするとどんだけなんだ？　簡単に運べるものなのか？」

「まあ、重さでいうと約百キロ。運べないサイズではないな」

「その買収した銀行員は手伝わないいんだろ？　他に仲間は？」

「まあ、警察にもいるな。お前の察してる通りだよ」

小戸川は慎重に言葉を選ぶ。ドブの口から言わせたい。

「誰？」

ドブの目が鋭くなった。「さっきから妙に説明的な質問が多いな。まるで誰かに聞かせて納得させるためみたいな」

汗を浮かべないよう心を落ち着かせた。「こっちだって犯罪に巻き込まれようとしてんだ。慎重にもなるだろ」

「ふん。まあ、お前はもう知ってるもんな」

「だから誰だよ。念のため確認させろ」

「大門だよ。兄の方な」

ドブが立ち上がってキッチンに向かった。戻ってきたその手にビールが二本握られている。

「飲むか？」

「タクシードライバーに酒勧めんなよ」

ドブの元を去り、小戸川はタクシーの中で電話をする。連絡先は三か所だ。小戸川に協力し、武器になってくれるだろう二人と、一人の友人だ。

帰りしな、ドブは小戸川に訊ねた。

「行方不明の友達って、柿花か？」

柿花は電話に出ない。何度も着信を残しているし、留守電にも連絡をよこせとメッセージを残している。けど音沙汰がないのは柿花が小戸川を避けているか、連絡ができない状況にあるか、だ。発信をくり返すたびに「後者だ」という思いが強くなっていく。柿花は明らかに何らかのトラブルに巻き込まれている。

「何やってんだ……、柿花のヤツ」

次は大門弟だ。ドブとのやりとりの録音データをメールに添付して大門弟に送りつけた。これで、先日大門弟に話したことが事実であると証明できる。そうなれば大門弟が動いてくれるかもしれない。事件にするのは難しくとも、少なくとも監視の目が増える。大門兄もいくらか動きづらくなるはずだ。

三件目。小戸川はスマホの「今井」をタップする。

すぐ出た。

〈もしもし？　小戸川さまですか⁉　お電話ありがとうございます！〉

どうやら仕事中らしい。キャバクラ店内の会話と音楽の混じり合った空気が伝わってくる。

「今から迎えいくから店あがってくれ」

今井は完全に勘違いしていた。小戸川のタクシーを見つけると喜色満面で近づいてきて言った。「小戸川さまから遊びのお誘いとか光栄ですよ！」

後部座席に今井を座らせた。走り出し、景色が流れ始めてから口を開く。移動中のタクシー内部は危ない話に適している。

単刀直入に切り出した。

「お前の金をギャング的なやつらが狙ってる」

今井が笑顔のまま一瞬だけ固まった。今の発言が冗談なのか本気なのか迷っているみたいだ。

笑顔が少しずつ真顔に戻っていった。ようやく意味を飲み込んだみたいだ。

「マジですか⁉　激コワじゃないですか！　誰ですかそいつ！」

小戸川は淡々と伝える。

「ヤノってやつだ」

具体的な名前を伝えたら今井の顔つきがさらに変わった。ダメ押しする。

「ドブと同じ組織のごろつきだよ。そいつがお前の十億円を奪おうとしてる」

今井の両手がワタワタと宙をさまよい始めた。

「マジですか……。ええええ……！　どうしましょう小戸川さま！」

「ネットなんかに上げるからだバカ」

時間はあまりない。ヤノがいつ動き出すかわからないからだ。

今井を落ち着かせるためにまずはこちらの意図を伝えることにした。

「今から言うことをよく聞いてほしい。まず、引っ越せ。引っ越してそこにしばらく引きこもっててくれ」

今井がゴクリと喉を鳴らした。コクコク肯いている。

「それからネットに上げた当たりくじの画像だ。あれを加工してもう一度ネットに載せろ」

「え？　何でですか？」

「『あの当選券はフェイクだ』ってことにするんだ。注目を集めたくて画像加工して見栄張っちゃいました。ごめんなさい。ってコメントと一緒にな。かわいそうな馬鹿を演じろ」

今井が不安そうだ。

「それ……、効果ありますかね」

「気休めかもしれないけど、長生きするためだ。できることはしておいた方がいい」

今井が背筋を伸ばした。

「はい！　ミステリーキッスが天下取るまで死ねないっすから！　何しろもうすぐクリスマス！　クリスマスにはミステリーキッスのデビューＣＤの発売ですもん！　俺、当選金でＣＤ三十万枚くらい予約するつもりっす！　そしたらあれじゃないですか！　辛酸舐めてきたミステリーキッスにもようやく春が来るじゃないですか！」

小戸川はブレーキを踏み込んだ。後部座席の今井が運転席の背もたれにぶつかる。

「うわ！」

「今何つった」

脳みそがぐるぐるしている。ずっと引っかかっていたことを思い出せそうだ。

今井が痛そうに額を押さえたまま言った。

「春が来そうって……」

シナプスとシナプスを電気信号が繋いだ。

思い出した。

彼女だ。ちゃんと存在するんだ。

「なんですぐに思い出せなかった……！　俺のバカ！　バカバカ！」

鼻の頭に大きな花なんか咲かせていたから、最初の彼女の記憶が曖昧になっていた。

だから生の記憶となかなか直結しなかったのだ。

あの子はこのタクシーの中で言っていた。「おじさんとメールするの疲れる」って。

なんてこった。二度も会っている。このタクシーに乗せて埠頭まで運んだ。

「三毛猫じゃねーか」

ミステリーキッスの市村しほだ。

小戸川が「十億で売る」と告げた途端に、山本マネージャーは行き先を芝浦の埠頭に変えた。そんな場所に何の用があるんだって思っていたけどこれで繋がった。

そこに柿花がいるんだ。

14 小戸川と ドブ @小戸川タクシー

柿花を助け出す。

ドブを懲らしめるのが最終目的だ。だけどその前に、絶対にこれだけは果たさなきゃならない。

そのためなら小戸川はどんな手だって使う。

大門弟からレスポンスが返ってきた。スマホに着信だ。

第一声で言われた。

〈聞いた。けどまだ、ドブが兄ちゃんの名前を出しただけに過ぎない。銀行強盗をするってのが本気なのはわかったけどな〉

「美しい兄弟愛じゃねーか」

〈いまどこだ小戸川〉

「友人が攫われたかもしれないんだ。今から助けに行く」

〈事件じゃねえか〉

「そうだ。悪だ」

〈場所教えろ〉

「なんだ。助けに来てくれるのか？　お前、正義の味方だもんな」

通話を終えて、路肩に止めたタクシーの中でメールを打った。樺沢のオンラインサロンへのダイレクトメールだ。樺沢に直接届くはず。

――いまから一時間以内に、芝浦の埠頭にドブが現れる。ヒーローになれ。

最後。小戸川は運転席に背を埋めて深い息をつく。敵だって使う。

助手席の窓をコツンと叩かれた。窓の向こうにドブが立っている。

「おう。来てやったぞ。小戸川」

助手席でドブが窓の外を見ている。夜景を見ながら持ち込んだビールを時折口にしている。

「俺をボディーガードに使うとは、偉くなったな。小戸川」

小戸川は答える。

「俺は子分じゃないって言ったろ。対等な関係って契約だ」

「そうだったな。すまない。それぞれ目的は違うが、一時的に俺たちは仲間になったわけだしな。まあ、このくらいの要望は飲む」

ドブがビールを口に含んだ。

「で。柿花に何が起きたんだ?」

小戸川は答える。頭の中で何度も反芻《はんすう》したせいでもはや絵まで見えている。埠頭の倉庫に捕らえられている柿花の姿だ。

「……柿花が婚活サイトで知り合った女と、ミステリーキッスの山本マネージャーが連れてた女が同一人物だったんだ。俺はその娘をこの車に乗せた。その時に聞いたんだ。『おじさんとメールするの疲れる』って」

「………」

「そしてあいつらは芝浦埠頭に向かった。そのタイミングで柿花は行方不明になったんだ」

ドブが呆れたような声で言った。息をついてる。「……美人局か」

「たぶんな」

「でもちょっと待て。芝浦の埠頭って言ったな」

「ああ」

ドブが腕を組んだ。重く言う。

「そうなるとそれはヤノのしのぎだ。俺は口を出せない」

小戸川は折れない。知ったことか。

「そんなのどうでもいい。俺は柿花を助けたいんだ」

ドブがまた考えている。小戸川は追撃した。「柿花が助からないなら俺はお前の手伝いをしない」

ドブがさっきよりさらに重い息を吐き出した。

「めんどくせえことになるなぁ」

小戸川にはドブの態度の意味がわからない。だから率直に訊ねた。

「ヤノとお前は同じ組織にいて広い意味では仲間なんだろ？　穏便に済ますことはできないのか？」

即答された。「できないな」

「何でだ」

「仲間っていうのは組織じゃねえ。個人の繋がりを指す言葉だ。俺はヤノを信頼しないし、ヤノは俺を信頼しないから仲間にはなれない」

「…………」

ドブがいつの間にか小戸川を見ていた。少しだけ口元を緩めている。

「だから小戸川。お前に仲間がいないのもよくわかるぜ。お前、最初から最後までずっと一人きりだもんな」

ドブにそう言われた。

「お前が信じてる人間って誰だ？　剛力のことを信じてるか？　タエ子は？　白川は？」

答えられない。

「ははは。信じてねえだろ？　お前はそいつらに自分の心を預けられない。辛うじて信じてるって言えるのは柿花くらいか？　こうして助けに向かってるわけだしな」

相手を掌握するためのドブの話術だっていうのはわかっている。けど心を塞げない。ドブの言葉が脳みそにじわじわ浸《し》み込んでくる。

「小戸川。お前は俺を、心の中でゲスだとか悪党だとか思ってる。まあそれはいいんだ。でも一方通行は癪《しゃく》だからな。俺も言うぜ。俺は——、ベクトルの向きは悪でもこの世界にちゃーんと存在してる。けど小戸川、お前はどうだ？　お前、ここにいるのにこの世界に参加してない気でいるだろ。自分だけは部外者で例外だって勝手に思ってるだろ」

薄く笑っている。ドブの声が続く。滲むように汗が出てくる。

「そんなわけにはいかないんだよな。お前だけ悪でも善でもなくて、誰とも関わらないし、誰も傷つけないなんて、そんな都合のいい生き方できるわけがねえ。お前は俺以上に身勝手だ。人間味がない分、俺よりタチが悪いぞ」

急に白川さんの言葉を思い出した。

「信じて」

そう言われて、小戸川は「信じられない」って思った。

信じるっていうのは弱さだと思うからだ。「信じて」って言葉は、「疑わないで」って意味で、思考停止を意味するものだと思うからだ。

ドブがまだ話している。

「俺は、お前と違って信じられるものがちゃんとある。だからお前みたいに脆《もろ》くない」

辛うじて口を開いた。

「お前が信じられるものって、何だ」

ドブが答えた。

「ボスだ」

「ボス……？　お前に練馬の女子高校生捜しを命じた……？」

「そうだ。目的や理念なんかどうでもいい。俺は――、あの人に見捨てられるのが死ぬより怖い。だから、たった一つだけ、ボスから『決して破るな』と言われているルールだって絶対に守る。それを守るのは、俺からボスへの誠意だからな」

「何だよ、そのルールって」

ドブが目だけをギョロリと動かして小戸川を見た。

「教えない」

小戸川は一人で生きてきたという自覚がある。人と関わるのを可能な限り避けてきた。関わると傷つけるし傷つくからだ。だからこの世界を拒絶した。

ドブだって同じだと思っていた。でも違うのだ。

ドブの中にはちゃんと誰かがいる。

自分とは違う。

そう思ったら急に鼓動が激しくなった。こめかみがドクドクと脈打つ。

猛烈に怖かった。ずっと目を塞いでいたのに、この世界に一人きりでいることに気づいてしまった。

ドブが小戸川を見ていた。額に汗を浮かべハンドルを握る小戸川を観察している。

「……お前もしかして、自分がおかしいって自覚がなかったのか？」

また心臓が跳ねた。

自分の心を守るため、辛うじて言い返す。

「……お、俺は柿花を助けるんだ。柿花が大事だから」

ドブが鼻で笑った。

「そうか？　俺には役割を演じてるように見えるぜ。お前は正義感に燃えて友人を助けに行くタイプじゃない。そういう物語の主人公を演じてるだけだ。本当のお前の心はからっぽなくせに」

違う。そう思うのに叫べない。否定しきれない。

「そういう役割を演じてなきゃ自分の心が保てねえんだろ。わかるぜ」

ドブが頭の後ろに手を組んで助手席に背中を埋めた。その姿勢で窓の外を見て、次の瞬間に体を起こして運転席の小戸川に覆い被さった。同時に叫ぶ。「伏せろ！」

小戸川は目を剝く。なんとかハンドルを直進に保った。ドブが背中に乗っている。前が見えない。直後に「パン」と木の実を踏みつぶしたような音が鳴り響いた。ドブが音を確認してから体を起こす。障害物がなくなってやっと窓が見えた。小戸川のタクシーの隣に黒塗りの車が併走していた。スモークの窓が開いてそこから拳銃が覗いていた。銃口がこっちを向いている。

「小戸川、車止めろ！」

ドブが叫んだ。小戸川は腰を屈《かが》め頭を低くしたままアクセルを踏む。叫ぶように言い返した。

「嫌だよ。あいつが狙ってるの俺だろ?」

「拳銃を奪い返すチャンスだ！　止めろっつってんだろ！」

「嫌だ嫌だ嫌だ。痛いの嫌だ」

アクセルを踏んで前に出た。黒塗りの車は小戸川のタクシーを追ってくる。バンパーが触れそうな距離だ。ドブが助手席の窓を開けて、ビールの瓶を黒塗りの車に投げつけた。それがフロントガラスにぶつかって、バックミラーの中で黒塗りの車が左右に揺れる。

「車止めろ！　千載一遇のチャンスなんだ！」

「だめだ。埠頭に向かう」

「てめえ。対等の関係だっつったろうが！　俺に協力するのも契約に入ってるはずだ！」

「今はだめだ。今俺が死んだら柿花を助けられない」

「死んだって構わないようなこと言ってただろうが！」

小戸川はアクセルをさらに踏み込んだ。黒塗りの車はハンドル操作に手間取っているようだ。今がチャンスだ。細い路地に向けて思い切りハンドルを切る。

「うおっ」

ドブが大きく体を揺らした。小戸川は路地に入ると同時にさらにアクセルを踏み込む。

「お前曲がるならそう言えよ！　危ねえな！」

「シートベルトしないからだ」

「ベルトしてたら今みたいな時に自由に動けねえだろ」

ドブが窓から顔を出して黒塗りの車を確認しようとしている。小戸川もミラーで確認する。もう見えない。どうやらハンドルを取られた状況で、この細い路地には入ってこられなかったらしい。遠くでまた、「パン」というクラッカーみたいな音が聞こえた。逃げられたことに対する苛立ちだろうか。それとも戦闘開始の狼煙《のろし》のつもりか。

ドブが口の中で小さく言った。「これで五発か」

小戸川は心の中で自分の頬を張った。

気合い入れろ俺。柿花を助けるんだ。

そうすることで、俺は俺をぶっ壊す。変わりたいんだ。

人を信じてみたいんだ。

15 小戸川とドブと関口　@芝浦埠頭

夜の埠頭は波音しか聞こえない。空気が湿っている。

小戸川はドブのすぐ後ろを歩いていた。ドブはさっきから重心を低くして前進している。かなり警戒している。ドブのその姿で自身の状況がヤバいのがヒシヒシ伝わってくる。

あの真っ暗で巨大な倉庫の中に、柿花が捕らわれているのだ。

「行くぞ」

海に向いたガレージの裏手に回ると小さなドアがあった。ドブがためらいなくノブを摑んでそれを回す。

鍵がかかっていなかった。少しだけ開いたドアの隙間に、ドブが屈みこむようにして体を滑り込ませた。その瞬間、ドブの背中に大きな黒い影が伸びるのが見えた。棒のようなものを上段に構えた大男のシルエットだ。

小戸川は叫ぶ。「ドブ！」

ドブが瞬時に体を反転させた。振り上げられた木刀を裸の手で摑む。

ドアが開ききって中の様子が窺えた。木刀を構えていたのは巨大な白熊だ。白熊とゲラダヒヒが一つの木刀を軸にして向かい合っている。

二つの大きな力を加えられて木刀がブルブル震えている。白熊が言った。

「ドブさんじゃないですか。これ、何の真似です」

ドブが答えた。木刀は震えたままだ。

「すまないな関口。お前らが攫ったやつを引き取りにきた」

関口がさらに木刀に力を込めた。「ヤノさんはこの件について何と？」

ドブも押し返す。「ヤノには話していない」

「では入れられません」

「寒いから入れてくれよ」

関口が目だけで小戸川を示した。

「その方は？」

ドブが答える。

「タクシードライバーだ」

「ドブさんの子分ですか。カタギを子分にするなんて落ちぶれましたね」

「美人局なんて臭いシノギしてるお前らも相当だけどな」

ドブが上半身をばねにしてグンと一気に木刀を押し返した。関口がのけ反る。ドブはそのままの勢いで関口の顎に頭突きをくらわせた。倉庫の中に岩と岩がぶつかるような音が響く。

ドブが言った。

「おいタクシードライバー！　こいつを海に放りこむからその間に柿花連れて帰れ」

仕事が見つからなくて、居場所が見つからなくて、自分に価値を見つけられなくて心が死にかけていた三十歳の柿花英二は路地裏を歩いていた。また面接に落ちた。もう正社員として職に就くのは絶望的だろう。足搔いてはいるけど九割がたあきらめている。勝算がなさすぎる。俺だってこんなやつ採用しない。

その時声をかけられたのだ。

「柿花じゃん」って。

柿花は顔を上げて声の主を見た。中学校、高校と同級生だったけど、卒業してからは十年以上連絡を取っていなかった。思い出すこともあまりなかった。だけど顔を見たら一瞬でいろいろ蘇ってきた。勝手に口が動いた。「……小戸川？　小戸川か」

小戸川はまっすぐに柿花を見ていた。

「ああ。久しぶりじゃん」

「はは……。そうかあ。小戸川かぁ。覚えててくれたかぁ」

あっさりと言ってくれた。

「あたりまえだろ。友達なんだから」

小戸川の背中で、半分死んだみたいになった柿花がぐったりしている。顔中泥と血で真っ黒だ。二つの目の下、涙の流れたところだけ泥が落ちて妙に白かった。匂いも酷《ひど》い。

柿花が小戸川の背中で何か言っている。

「俺さぁ小戸川……。あんときさぁ……。俺、もう、母ちゃん以外の誰にも見えない人間なんだって思ってたんだよ。誰にも相手にされないしさぁ……。なんか、蔑《さげす》みすらされないんだ。比較対象にすらなれない。もう嫌でさ。嫌で逃げたくてさ、でも逃げる場所なんてないだろ？　だから、どうしようもないから歩いてたんだよ。ずっと……」

小戸川も思い出す。十数年ぶりに柿花と再会したときの話だ。もう十年も前の話だ。柿花が洟《はな》をずるずる言わせている。

「そしたらお前がいるんだもん。急に肩摑んで、『おう。柿花じゃん』だもん。お前あれは駄目だよ。格好よすぎだろ」

小戸川はタクシーに向かって歩く。そうだった。あの時、確かにそんな感じだった。それで柿花が鼻を真っ赤にして笑って、「飲み行く?」って言って、「そうだな」って二人で顔を上げたら、そこがやまびこだったんだ。

それからだ。やまびこで会うようになったのは。

「それで今日だもん。助けになんてくるかふつう」

「………………」

「……お前はさ、そういうとこあるよな」

柿花の重さを背中に感じる。ぬくもりだって感じる。ちゃんと生きてる。

良かった。

「俺は……。恩返しをしなきゃならない人がいるんだ」

「……?」

「だけど、その人が誰だかわからない。だから……、誰かに返そうと思ってる。それだけだ」

柿花がぐしゃぐしゃの顔のまま笑った。

「はは……。ドブと組んでまでかよ」

自然と言えた。

「あたりまえだろ。友達なんだから」

16 ドブと関口と樺沢 @芝浦埠頭

倉庫から引きずり出して、海を目の前にしたコンクリの路面に転がして、馬乗りになって何発か顔を殴ったらやっと大人しくなった。ドブの両足の下で関口の腹がふくらんでは萎んでいる。

関口が裂けた口を開いて言った。

「負けたら……。ヤノさんに合わせる顔がねえ」

首だけ上げた関口の頭に体重を乗せた拳を叩き込んだ。コンクリの地面に関口の後頭部が叩きつけられて水風船が破れるみたいな音がする。殴った拳の骨が痛い。

「知らねえよ。俺に勝てないお前が悪いんだ」

立ち上がってあたりを確認した。人影はない。どうやら小戸川は柿花を連れて立ち去ったらしい。これで約束は果たした。

いい貸しができた。次はあいつが、俺との約束を守る番だ。

「さて……。帰りはどうするかな」

考えてなかった。小戸川がタクシーに乗って行ってしまったから足がない。しかたないから街まで出ようと思った。その前にどこかで自分の姿を確認しないといけない。血まみれの服と顔じゃ乗車拒否率百パーセントだ。

柿花の捕まっていた倉庫に水場くらいあるだろうと思って戻ることにした。動かなくなった関口を残して歩き出したら、倉庫の陰に誰かいるのに気がついた。暗くて顔は見えないが、確かに誰か立っている。

反射的に「ヤノか」と思った。自分を奮い立たせるように声を上げる。

「おい。誰だ！」

まるでその問いかけへの返事みたいに、「パン」と軽い音が返ってきた。ドブは違和感を覚えて自分の右足を見る。ジーンズの腿《もも》のところに穴が開いていた。「あ？」と思って前に進もうとしたら足が動かなかった。ドッと汗が湧き出す。撃たれた。

血の湧き出す右足に手を置いて呟く。「これで六発……。追ってきやがったのか、ドクロのヤツ」

押さえているのに指の間から血が湧き出して、足を伝って地面を黒く染めていく。

血管が破れたのか、あっという間に目がかすんできた。ドブを撃った人影が踵を返してどこかに走っていくのが見えた。ドブは追えない。

動けない。

その場に膝をついた。頭がクラクラする。

「ていうか、狙われてるのは小戸川じゃなかったのかよ……」

毒づいた。そのまま額に腕を乗せ、地面に仰向《あおむ》けに横たわる。

顔に光を当てられた。小さな四角い箱がドブの顔を照らしている。その光の向こうにカバみたいな顔をした男が、今にも鼻血を吹き出しそうな勢いで興奮していた。息も荒い。

「えマジでマジで……？　マジでこれドブ？　え？　ドブが倒れてんじゃん！　あのメールマジだったのかよ！」

逆光になって顔は見えないけど、ドブはその声で思い出す。

承認欲求モンスター。樺沢太一だ。

樺沢がスマホを構えて横たわったドブを映している。インカメに切り替えて自分の背後に倒れたドブが映るようにしている。

鼻息が空に広がっていく。

「やりました！　ついにやりましたよみなさん！　ドブを！　ドブをやっつけましたよこの俺が！」

叫んでいる。スマホに唾がつきそうだ。後ずさるように一歩、ドブに近づいた。ドブの顔を映そうとしているのだ。「どうだ！　やってやったぞ！　俺が樺沢だ！　樺沢太一だ！　おいアンチども！　安全圏からヤジ飛ばすだけのクソ野郎ども！　どうだ！　これでわかったろ！　チキンはどっちだ！　さんざん言ってくれたよなぁ！一発屋だの口だけだの！　でも結果はこれだ！　俺一人でドブをやっつけたんだ！ヒーローは俺なんだよ！　カリスマは俺一人だ！　てめえらは所詮俺のスレイブなんだってこれで証明されたなああ！」

興奮して近づいてくる。もう一歩。

「これで俺が神だっていうのが証明された！　お前らクズとは違うんだ！　俺はお前らとは違うんだよバーカ！　バーカ！」

一歩。これで摑める。

ドブは腕と腹の力で立ち上がった。スマホで自撮りしている樺沢の首に腕を回す。そのまま胸元に引き寄せた。樺沢が「ぐう」とヒキガエルを踏みつぶしたみたいな声を出した。それでもスマホを放さなかった。

首に絡めた腕に力を込める。耳元で言った。

「撃ったのお前か。拳銃持ってんのか」

樺沢の顔が真っ赤に染まっていた。ドブの手をパシパシ叩いている。

息が詰まって喋れないみたいだ。空気が通る分だけ腕を弛めた。樺沢の喉が排水ポンプみたいな変な音を立てた。

もう一度聞く。「撃ったのお前か」

樺沢が答える。「い、いえ……」

「じゃあ誰だ」

「し……、知りません」

「じゃあなんでここに来た。どうやって知った」

「メ、メールが来て……。ここにドブがいるって……」

力を込めた。「ドブ?」

「あ、ドブさんがいるって……!」

「誰からのメールだ」

「わ、わからないです。コミュニティへのＤＭだから」

考える。まあ、心当たりならある。

「予想は付くな。それに、この展開は俺にとって悪くねえ。小戸川にちょっと感謝しちまったよ。おかげでお前を潰せる」

「…………！」

もう一度訊ねた。「で、なんで来た」

「いやだから……、メールが」

「そうじゃねえ。勝てないってわかってなかったのか？　お前の脳みそはスポンジなのか？」

「…………」

「答えろよ。質問してんだ」

「……すみません。降参します。ごめんなさい」

「俺と対決しに来たんじゃねえのかよ」

「け……、けんかでは勝てないので……」

「じゃあ何で勝負するつもりだったんだよ。俺を懲らしめるために、正義の炎を胸に燃やしてここに来たんだろ？　何あっさり降参してんだヒーローさんよ」

「…………」

「まあ、正義感も覚悟も端《はな》からないよなお前にはは。自分の行動原理について言葉にしてみろ。正直にな」

樺沢の目が泳いでいる。仲間にそそのかされて文房具万引きして捕まった中学一年生みたいな顔をしている。

声が震えていた。

「……注目されたかった」

「だろうな。なぜ注目されたかった？」

「……誰かに気にしてほしかった……」

「そうだな。お前は誰かに認められたかったんだ。なぜなら自分がカスだと自覚してるからだ。自分では自分をまったく認められないから、誰かから『すごい』って言ってほしかったんだ」

「…………」

「手段なんて何でもよかったんだろ？　たまたま俺が映り込んだツイートでバズったからそれが手段になっただけだ。俺にとっては非常に大きな迷惑だ。おかげで熟睡もできなかった」

「…………」

「で、だ。ここからは未来の話だ。お前は降参するんだろ？　敗北したなら賠償が必要だ。お前は俺に何を提供できる？」

「い……、命だけは」

「要らねえよそんな安い命。代わりに出せるもの挙げてみろ」

「あ……、あの、マンション買ったんで、それ差し上げます」

「他は」

「車……。今日、乗ってきてるんで、それも」

「他」

「お金……。まだいくらか残ってるんで、それを全部」

「他は？」

「…………」

「なんだよ。お前ホントにペラッペラなんだな。まあ、俺をダシにして稼いだ金だもんな。俺がそれを受け取るのは妥当だ。しかしお前、もう少しうまく稼げねえのかよ。金の使い方まで小物だなお前。洗面器の中で泳いでる雨蛙《あまがえる》みてえだな」

「あ……、あの……、許してもらえるんですか……？」

「あ？」

「だから……、あの……、お金全部渡したら許して」

「足りねえだろ。仮にこれが、俺がお前を利用したビジネスだったとしても、お前が使った分が足りねえ。そこは補ってもらわないとな」

「そ……、それは、どうすれば……？」

「まあ、とりあえず殴らせろ」

「え……」

「安心しろ。たぶん死にはしないだろ。お前の耐久度にもよるけど」

路上に死体みたいに転がった大男はさっきからピクリとも動かない。

樺沢の喉がゴクリと鳴った。

17 小戸川と剛力 @剛力医院（閉鎖中）

柿花は剛力医院のベッドで横になっている。剛力が一通り診察してくれた。だいぶ弱ってはいるけど大丈夫だって言っていた。
柿花は寝ている。子どもみたいに。
「しばらくはここで入院だな」

小戸川は柿花の寝顔を見下ろしながら言う。

「金ないんだ、こいつ」

「ああ。入院費はまけといてやるよ。どうせ閉鎖中の医院だ」

「はは。ナースのひとりもいないもんな」

「そうだ。白川さんも、いまはいない」

小戸川は、視線だけを剛力に向けて無言でいる。

剛力院長が静かに言った。

「なあ小戸川。お前、今、何をしてる？」

「…………」

「ドブと一緒に柿花を助けに行ったんだろ？」

聞かれるとは思っていた。でも答えは用意できていない。

自分でも自分の行動の意味がはっきりしない。

「ドブをやっつけるんだよ」

この気持ちだけははっきりしていた。なのに、「何のため」かがわからない。

剛力院長がやっぱり静かに続けた。

「タクシードライバーがなんでそんなことするんだ。危ないだろ」

「…………」

　ポツリと言われた。

「白川さんのためか？」

　問われると頭が真っ白になる。前みたいに選択肢がいくつも浮かんできてオーバーフローする感じとは違って、そこで思考が止まる。確かに白川さんを救いたいと願っている。だけどそれだけじゃない。もう一つの動機が、自分でもどうしても言語化できない。

　──俺は、何をしたいんだ？

　家に向かう途中で車を止めて、スマホを覗き込んだ。

　樺沢太一が新しい動画をアップしていた。

【完全】　樺沢太一　敗北　【降伏】

　笑ってしまうくらいにボコボコだ。わかりやすく目の周りがパンダみたいに腫れている。

誰もいない夜の埠頭に正座させられていた。喋れるように口の周りだけ傷がない。

――えー、樺沢チャンネルをご覧のみなさま。私、樺沢太一です。えー、私、本日をもちまして、動画配信及びオンラインサロンなどの一切の活動を休止することになりましたので、そのご報告です。すべてのアカウントは消去します。

ええと……。そうですね。あの……。

僕は……！　ヒーローでも正義の味方でもなかったみたいです。結果的にみなさんを騙してしまったことを謝罪いたします。すんませんでしたぁ！

土下座した。コンクリの地面に額を擦りつけている。

――その……、それでオンラインサロンの返金ですが……、それはちょっと、あの……、受け付けてないんで、ご了承いただければ……、と。

歯をむき出して、これ以上ないほどの汚い愛想笑いを浮かべている。

――あ……、あの、それで最後にですね。この件については樺沢の一存でして、ドブ……、あの、いや、ドブさんは一切関わっていませんのでそこは誤解されないようにお願いします。悪いのはぜんぶ、この、あの、樺沢太一ですので。どうかドブさんには迷惑をかけないように……。あの、重ねてお願い申し上げます。

この動画を撮っているヤツの笑い声が聞こえてきそうだ。

小戸川は呟く。

「関口ってヤツも、樺沢もドブに負けちゃったか……。手強《てごわ》いなぁ」

18  柴垣と  長嶋　@N-1準々決勝会場

N-1準々決勝。支配人が通過者の番号を告げている。

最後の一組の番号が告げられた。

「二四二五番。煩悩イルミネーション。以上になります。名前を呼ばれた方はこちらへ」

呼ばれなかったから帰るしかなかった。馬場は柴垣に一言詫びてから、ドラマの収録のために先に行った。帰るんじゃなく次の現場に。

項垂れたまま劇場を出たら、そこに首の長い男子高校生が立っていた。

そいつに言われた。「だめだったね」

柴垣はぼんやりした目を高校生に向けた。メガネの奥の目が鋭い。

「あ？　誰？」

「俺長嶋。長嶋聡」

「あー」

柴垣と馬場の番組によくメールを送ってきた小賢《こざか》しい高校生だ。こんな顔しとったんか。

「見に来てたん？」

「なんで隠れ家カフェのネタやらなかったの？」

柴垣は力なく笑う。ほんま詳しいなこのガキ。「ミュージシャンでいうたらヒット曲をベストアルバムに入れへんタイプやねん俺」

「だから売れないんだよ。契約上不本意ながらベストアルバム出すタイプにならないと」

「……ネタ合わせも十分にできてへんしな」

「……いまは馬場さんが売れてるからいけると思ったんだけど、そういう枠は煩悩イルミネーションが持っていったね」

「お前さっきから距離近い上に火傷《やけど》負わそうとしてくるやんけ。新大阪の喫煙所か」

「…………」

そういやこいつまだ高校生や。「新大阪の喫煙所人口密度えぐいねん。タバコの火この辺にあるから危ない危ないってなんねん。説明さすなハズい」

クスリともせずに長嶋が言った。

「俺とコンビ組んでよ」

底が抜けたみたいな声が出た。「は？」

真剣な顔をしていた。

「俺と組んだら絶対売れる。俺、ネタも書けるし、メールの採用率すごかったでしょ？　俺なら柴垣さんの良さを引き出せる。柴垣さんにてっぺんの景色見せてあげられる」

戸惑いながら答えた。

「俺がいま高校生とコンビ組んだら、いよいよあいつヤバなったなってそこらじゅうから言われるわ」

「じゃあどうするの？　解散するんでしょ？　ピンで売れると思ってんの？」

「うるっさいなあ」

「どのくらい？」

「……え？　あのお、……コンビニのＡＴＭくらい」

「あんま面白くない」

「俺の良さ引き出せてへんやん。それにまだ敗者復活戦があんねん」

長嶋に言われた。「あきらめてないの？」

「あたりまえや。ほんでお前、芸人になりたかったら同世代と組め。俺のうっすい知名度に乗っかろうとすんな」

長嶋が言った。「今日見てて思ったんだ。馬場さんはもう漫才やる気ないよ。だからもう一度、俺と真剣に漫才を」

柴垣は手だけ振って歩き出した。昔の自分を背中に残している気分だった。

19 小戸川と山本　@小戸川タクシー

柿花は剛力医院で数日療養してから退院した。
病室で柿花は言っていた。
「ごめんな剛力先生。俺、ちゃんと仕事して入院費用返済するから」剛力に。
「ありがとうな小戸川。あのさ……、さすがに呆れただろ今回の件で……。お前、ま

た会ってくれるか?」小戸川に。

小戸川は肯いた。柿花は喜んだ。ちょっと泣いてた。「良かった」

十一月ももうすぐ終わる。

杉並あたりを流していたら、小戸川のスマホに山本マネージャーから着信があった。

「申し訳ない小戸川さん。また配車お願いしたいんだけど」と。

最近の小戸川のタクシーは密談用の防音室みたいだ。目的地を特に定めずに、車内で話すために走る。

後部座席で山本が言っている。

「例のドラレコのデータですけど、九億とか言ってるやつ、それヤクザですよ小戸川さん。そんな奴から金受け取ったらあとあとヤバいことになりますよ。だから、こっちに任せてくれませんか?」

あまり余裕がない感じだ。若干早口になっている。付け加えた。「謝礼もそれなりに出しますし」

小戸川はゆっくり言う。

「あんたはヤクザじゃないのか?」

山本の早口。

「違いますよ。見ればわかるでしょ」

「見てわかんないから聞いてんだけど」

「…………。それに、身の安全も保障しますよ。あなたのためなんです」

「『あなたのため』ってセリフ、高齢者への詐欺予防の注意喚起くらいでしか最近聞かないけど」

「いい感じなんですよミステリーキッス。こんなところで足踏みしたくないんです。あ……、小戸川さん、その先、左に曲がってくれますか？」

少しだけ訝しんだけどハンドルを切った。窓の外がビル街から住宅街に変わる。

山本が声を緊張させた。

「今日は私もそれなりの覚悟で来てます」

「どんな」

「なんなら、力ずくでも」

「やっぱそれが本性じゃん。しっかりヤクザじゃん。だって美人局なんてしちゃうんだもん。市村メンバー」

山本の声が変わった。動揺してる。「……なぜ」

「なにが」

「なぜそれを」

「あいつ友人なんだ。柿花。柿花英二」

山本が目を剝いて黙り込んだ。小戸川は続ける。

「もちろん、柿花がバカだったっていうのはわかってる。でもあいつは相応の報いを受けたんだ。で、あんたたちはどうだ？　柿花と同等の報いを受けたか？」

「………」

「何か言うことないのか」

「……わかりました。柿花さんに謝罪させてもらいます」

「そうだな。それで？」

窓の外が寂しくなってきた。住宅街を抜けて郊外へ。山本が小さく、「左へ。お願いします」と伝えてくる。

山本が探るように言ってきた。

「小戸川さんは……、どうしたいですか？」

「………。別に。世間に公表してミステリーキッスを潰してやるぞとかそういうのは無い」

山本が明らかに安堵《あんど》した。「それは……、本当にありがたい」

小戸川は続ける。山本に意図があるように小戸川にも意図がある。このやりとりは受け身のそれじゃない。小戸川の作戦でもあるのだ。

「で、こっちから提案があるんだけど」

山本がまた探るような顔になった。

「……はい？」

「お前たちのしたことは世間に黙っててやる。事が終わったらドラレコのデータもくれてやる」

「………。対価は？」

決意して言った。

「俺に付かないか？」

山本が黙った。思案している。猛烈な勢いで視線が車内を彷徨《さまよ》っている。

「お前のバックについてるヤノと、こっちのバックについてるドブ。俺は、そいつらを一網打尽にしたいんだ」

山本が腕を組んで考え続けている。沈黙が長い。

小戸川は待つ。いつまでも待つつもりだった。

窓の外がほとんど緑色に変わってから、山本が言った。「ちょっと……、止めてください」

またしばらく沈黙が続いた。やっと口を開く。

「……なるほど。小戸川さんの言っていること、なんとなくは理解しました。こちらが得るものと失うもの。それにそれぞれのパワーバランスも。あと、あなたの目的も。あなた、第三勢力になるつもりなんですね」

「………………。それで?」

「どう考えても勝機が見えない」

「そうかな」

「不可能だ。たった一人のタクシードライバーのあんたに」

ミラーの中で、山本がガバリと体を起こした。グリズリーみたいに両手を広げて運転席の小戸川に襲いかかってくる。「遊びじゃねえんだよ!」

運転席ごと首に手をかけられた。山本の十本の指が小戸川の首に食い込む。沸騰した薬缶《やかん》みたいに熱かった。皮膚に爪が刺さる。気道が潰される。

辛うじてミラーあたりを指差した。赤いランプが光っている。

「……映ってるぞ。……ドラ……、レコ……」

山本の力は抜けなかった。「殺して奪う」

血が首から下に流れていかない。破裂しそうなチューブみたいになって小戸川は目を泳がせる。窓の外は木と草しかない。人気がない方に誘導されているのはうすうす気づいていたが、まさかここまで直接的な手段に出てくるとは思わなかった。山本、つまりヤノの側も追い詰められているのだ。息ができない。目尻に涙、いや、絞り上げられて体液が溢れてきて視界が霞《かす》む。山本が力を込めるたびに車体が上下に揺れる。そのたびに小戸川の首に山本の指が深く食い込んでいく。

窓の外に白い影がよぎった。小戸川はまばたきして瞳だけでそれを見る。ワイパーみたいに弧を描く真っ白な曲線。曲線の先端の丸いものがリアウインドウに触れた。その瞬間に窓がビスケットみたいに砕け散った。小戸川の視界にガラスの破片が舞う。キラキラしている。そのキラキラの向こうに誰かいる。獲物を狩る猫科の動物みたいに、深く腰を屈めてこっちを睨んでいる。

誰かが叫んだ。ガラスが無くなってその声は小戸川に直接届く。聞きなれた女性の声。でも聞いたことのない音量。

「小戸川ぁあ！」

山本の腕が弛んだ。目を剝いている。「な、なんだ！」

女性が割れた窓から手を突っ込んでドアを開放した。小戸川を引きずり出す。山本が後部座席のドアを蹴破るようにして開け、咄嗟に追いかけてきた。女性に飛び掛かっていく。

小戸川を背後に回し、女性がまた腰を屈めた。左右に飛び跳ねながらリズムを刻む。飛び掛かってくる山本の踏み出した足を刈った。山本が重心を崩して横に倒れそうになる。女性は前に出した右足をそのまま軸にして回転した。右足で回転したと思ったら、その遠心力のまま左足がぐうんと伸びてムチになった。ムチの先端が山本の頭にヒットする。遠心力で運動エネルギーが何乗にもなった真っ白い踵《かかと》が山本の側頭部を蹴り抜いた。山本が真横に吹っ飛ぶ。そのまま地面に転がった。動かない。

女性が言った。「ハステイラからのアルマーダ」

女性の背中に小戸川は言う。今日は白衣じゃなく白いトレンチコートとやっぱり白いワイドパンツを穿いている。動きやすそうな格好。動くための格好。「カポエイラって、コンビネーションまであるのかよ」

「あるよ」

「さっきのガラス割ったやつは？」

「あれはコンパッソ。踵で砕くやつ」

振り返った。彼女は笑っている。

白川さんだ。

白川さんが言った。まるで公園のベンチで会話しているみたいに。

「カポエイラ、ダンスの一種だと思ってたでしょ。小戸川」

山本の意識が戻るのを待つ間、タクシーに寄りかかって白川さんと話をした。

白川さんが言う。なんだか吹っ切れたような顔をしている。

「剛力先生に聞いたけど、小戸川、危ないことやめてよ」

「自分の意志でやってんだ」

「ドブさんと一緒に動いてるんでしょ？」

「そうだよ」

白川さんが、一瞬だけ小戸川に目をやって、その目をまた地面に転がっている山本に戻した。

「ドブさんのこと、どう思う？」

小戸川は答える。

「うん。最近少しだけ、ドブってそんなに悪いヤツじゃないんじゃないかって思い始めた」

白川さんがこっちを向いた。少しだけ声が弾んでいる。

「うん……！　あの人はあの人なりの正義で動いて」

「でも思ったんだ。これが洗脳かぁって」

黙った。

「白川さんはまだ解けきってないんだな。洗脳」

「た……、確かにあの人は良くない事たくさんしてるけど、ボスのためっていう軸はブレてないの。だから、そういう意味じゃドブさんだって洗脳状態にあるっていうか……」

「なんだよ。ドブと別れたいとか言ってたくせに未練タラタラじゃねーか」

「違うの。そういうんじゃないの」

「俺に『信じて』とか言ったくせに」

白川さんが急にきょとんとした顔になった。

「小戸川のこと、私が『好きだ』って言った時？」

小戸川の方が赤くなる。四十を過ぎてなんだこの感じ。

伝えなきゃと思った。小戸川は決意を言葉にして白川さんに伝える。

これは誠意だ。

「俺はドブをやっつける」

「え」

白川さんがこっちを見た。ただでさえ白い白川さんの頬がさらに白くなっている。消えそうだ。

白川さんの喉がコクンと動いた。

「まさか小戸川……。それが目的なの？」

「そう」

「まさかそれって、私の……」

「うぬぼれんな。あんたのためだけじゃない。主に自分のため。あとはその他だ」

「…………」

白川さんの頬に少しだけ赤みが差した。

「でも……、私のためでもあるんだ」

小戸川はそんな白川さんを見てから頭をポリポリと掻いた。格好付かないなと思う。

「けど、あんたにとっては、ドブが捕まるのはいいことばっかじゃないんだろうな」

白川さんは否定しなかった。

「だって……、ドブさんのこと、私、一度は信じてたから」

白川さんが俯いている。背中をタクシーに預けて足をブラブラさせている。

「ほら。信じてたものって心の支えだから。支えを失うのって、すごく怖いし辛いじゃない。それだけ」

小戸川は迷う。言うべきか悩む。恥ずかしいのもある。だけどそれ以上に、その言葉を発する資格が自分にあるのか、それに悩んでしまう。

決意を飲み込んでから口を開いた。

「俺が……、あんたの心の支えになる」

白川さんが小戸川を見た。やっぱりきょとんとしている。

「それじゃ、だめか」

意識を取り戻した山本を正座させ、生徒指導室の教師と生徒みたいな位置関係で交渉した。教師は小戸川と白川。山本はやんちゃした中学生。

小戸川は言った。「ヤノを裏切れ」

山本の唇が震えている。「それで……、ミステリーキッスは守られるんですか？」

「うまく行けばな。美人局なんかしたくないだろ。あの子だって」

「……具体的にはどうすれば……？」

もう隠す意味もない。今井に命じて加工写真と一緒に「嘘でした」と呟かせたけど、ヤノ側の動きが止まっていないってことはフェイクだとあっさり見抜かれたってことだ。ヤノもドブも明確に今井の十億円を狙っている。それを前提にして話す。

「ヤノたちは、宝くじで十億当てたヤツを襲うつもりだろ？　簡単な話だ。その十億円強奪の際に警察に捕まってもらう。それだけだ」

山本は否定しなかった。やはり知っているのだ。

「それ……、私も警察に捕まるんじゃ……？」

「ああ。かもな。でも脅されたって言えばいいじゃん。実際脅されてるんだろうし」

「……いや、なんで脅されているのか聞かれたら困るんですが……」

「弱みでも握られてんの？」

答えない。

「まあいいさ。俺に協力しないなら今捕まってもらうだけだ。罪状ならいくらでもあるし。タクシー強盗に美人局に拉致監禁に」

「わかりました。わかりましたよ」

「やるのか」

山本が俯き、地面を見ながら呟いた。

「ミステリーキッスを守るには、それしかない」

山本は山の中に置いてきた。これくらいは妥当な罰だと思う。

割れた助手席のガラスの破片を掻き出して、今はそこに白川さんが座っている。直接吹き込む寒風に身を縮めている。

「小戸川。寒いんだけど」

コートの襟首をギュッとしている。

「割ったのあんただろ。短期間で二回目だぞ。ガラス割られたの」

「しょうがないじゃん。ピンチだったんだし」

「いやあれ完全に見せたかっただけだろ。コンパッソ」

「試してみたかったし」

「一応命の危機だったんだけど」

「救ってあげたじゃない」

「ああそうだったそれはありがとう。なぜか待ち伏せしてくれてたんだもんな。白川さん」

「うん」

「ふつうに認めるんだ」

「だって実際待ち伏せしてたし。まあ、あんなバイオレンスな場面で登場することになるとは思ってなかったけど。あの場所まで向かう時、タクシーの運転手さんに思いっきり不審がられちゃった」

「だろうな。でもどうやって？」

「なにが？」

「どうやってあの場所を知ったんだ？」

急に顔を赤くした。なぜか照れている。

「私はだって、ドブさんに小戸川のタクシーにGPS仕込めって言われたから仕方なく」

「いやそんなことしてたのかよ。そして何でさっきからずっと呼び捨てだよ」

「しかたないよ。言いたいことが多すぎて脳が先走ってるの！　だって小戸川がどこにいるかわかんないと私だって動けないじゃん」

「改善されないし。いやマジかよ。じゃあ今もこの車にGPSあんの？」

「うん。だから助けられたんじゃない」

「結果としてありがたいけど恐怖のが若干上回――、ってあっ！　そういうことか！」

「?」

「あんたが仕掛けたGPS、取り出してみてくれ」

「?　最初からそのつもりだけど……」

白川さんが助手席から無理やり後部座席に移ろうとしている。小戸川の隣でモゾモゾしている。

後部座席に移動して、座席とシートの隙間に手を突っ込んだ。何かを取り出す。

「あれ?　何で?　二つある」

小さな黒い箱を両手に持っている。

「やっぱり」

「え?」

「俺、別ルートで命狙われてるって言ったろ?　不自然なまでに居場所を特定されてたんだ。その理由がやっとわかった。家に拳銃打ち込まれる前に車の窓ガラス割られたんだけど、嫌がらせが地味すぎて不自然だろ?　もう一つのGPSの犯人はキャバクラを襲ったドクロだ。ドクロのヤツ、あの時俺の車の窓を割ってそこに電池不要のGPSを隠したんだ。それで俺の家が特定された。そうだったんだ。それが二つ目のGPSだ」

白川さんが引きつった笑みを浮かべている。ちょっと引いてる。

「……多方面から居場所を探られてるって、小戸川、いつの間にそんなにハードボイルドな生き方するようになったの？」

「もう呼び捨てわざとだろ。でもこれで手ごまが増えた」

「？」

「このＧＰＳを逆手に取ってやるんだ」

20  小戸川と  黒田　@池袋のサウナ

柿花に会う理由が欲しくていつものサウナに誘ってみた。
小戸川：これからサウナ行くけどどう？
柿花：行きたいけどこれから夜勤だー
小戸川：仕事二つ掛け持ちして偉いな。借金返し終わったら行こうな
柿花：何年後だよ！
柿花に「行く」と言ってしまったし、なんとなく気分もそっち向きだから行くことにした。

最近はいろいろありすぎてゆっくり息をした覚えがない。首とかバッキバキに凝ってるし。考えたいこともいろいろあるし。

サウナ室には先客が一人いるだけだった。いつも思うけどこのサウナは基本ガラガラだ。まあ、理由は概《おおむ》ね察しがつくけど、誰もその原因を排除できないから恒常的にガラガラなのだ。

小戸川にとってはメリットの方が大きいので気にしないことにしている。

小戸川が入ると先客が話しかけてきた。「外寒かった?」

小戸川は驚く。この客、いつ来てもここにいるから顔なじみではあるけど会話なんてしたことがなかった。話しかけてはいけない空気を全身に纏《まと》っているからだ。いや空気じゃあない。全身に「触れたら死にます」って感じの入れ墨が入りまくっているからだ。広い肩から背中にかけて、カラフルなタオルでも羽織っているみたいにびっちりだ。

話しかけられたし、小戸川はマレーバクの先客の隣に座る。

近くで見るとヤドクガエルみたいだ。

「……かなり寒いよ」

「ああ。もう十二月だもんなあ」

目を閉じたまま言っている。閉じた瞼《まぶた》の上を汗が流れている。

六十を前にしたくらいの年齢か。異常なくらい貫禄《かんろく》がある。そしてかなりの強面《こわもて》だ。

小戸川は少しだけビビっている。ヤドクガエル、触れたらゾウでも死ぬらしい。

マレーバクが続けて言った。

「急激な体温変化はほんと危ないからな。気をつけないと。ヒートショックっつって
な」

「………………」

「しかし、不思議だよなあ。なんでか、ここいつも空《す》いてね？」

気が抜けた。

「いやあんたがいるからだろ」

「……？」

「いや『？』じゃなくて、そんな入れ墨むき出しで強面の」

マレーバクが目を大きくした。小刻みに肯いている。

「目から鱗《うろこ》だったわ。さすが小戸川」

普通に言われたから聞き流しそうになった。「なんで名前知ってる」

マレーバクが普通に答えた。

「練馬の女子高校生失踪事件の犯人説があったから」

少しだけ警戒する。

「そのなりで警察？　なわけないよな」

「疑って悪かったよタクシードライバー」

「俺がやるわけねえだろ」

「まだ五％くらい疑ってるけどな。小戸川は金欲しくないのか？」

「……おかげさまで食うには困ってないんだ。身の丈以上のものはいらない」

「満足してるのか」

「いや……。できる範囲で、お世話になった人に恩返ししたいとは思ってる。それがまだできてない」

「そうか」

マレーバクに微笑まれた。なんだこいつ。

21  小戸川と  ドブ　@小戸川タクシー

後部座席にドブがいる。

小戸川は言う。

「撃たれたんだって？」

ドブが答える。

「ああ。まあ、動けるし問題ない」

「災難だったな」

「そうでもない。まあ、誰かさんのおかげで樺沢は潰せたしな」

十二月の三日だ。寒くなった。街にクリスマスの雰囲気が滲み始めている。

ドブが切り出すように言った。

「ヤノたちが……、今井の居場所を特定したってのはマジなんだな？」

小戸川は答える。「ああ」

今日ドブを呼び出したのは小戸川だ。ミステリーキッスマネージャーの山本から連絡があったのだ。「ヤノたちが今井の居場所を割り出しました」って。小戸川の指示で今井は居場所を変えていたのにどうやって特定したのかと思っていたら、「ＩＰアドレスがどうとかって……。私も詳しくなくて」と言っていた。

ドブが鋭い目をしている。

「じゃあ明日にも動き出すな。今井は銀行に連れて行かれて、それから銀行が現金十億を用意するまでの間――、だいたい一週間くらいか……。それまでヤノたちに監禁される」

「……今井が当選券の引き換えに来たら、銀行からドブに連絡が入るようになってるんだよな」

「ああ。現金の引き渡し日時が俺に知らされる」

ドブが鋭い目のまま視線を上げた。ミラーの中の小戸川を見ている。

「じゃあ今から計画をぜんぶ話す。忘れんなよ。聞きもらすな」

「ああ」

「……十億は、ジュラルミンケース十個に分けられる。そのうち、本物は一つだけだ。あとは偽札だ。つまり、銀行側がヤノたちに渡すのは九個のニセモノと一個のホンモノ。一億円だけだ」

「………………」

「引き渡しの際、ヤノたちはケースの中身を確認しようとするかもしれない。一億はそのときのためだ。最終的には十億全部いただくが、この時点では一億は一度ヤノに渡す。ヤノは、九億の偽札と一億円を持って車に乗るわけだ」

「……それで？」

「ヤノたちが立ち去った直後に、買収済みの銀行員から俺が九億を受け取る」

小戸川は呆れたように言う。「その時点でお前の勝ちじゃん」

「いや。必要なのは完全勝利だ。ヤノには何も残さない。一億もしっかり取り返す」

「どうやって」

ドブが座り直した。

「小戸川。お前は銀行から少し離れた指定の駐車場で待機していてくれ。タクシーでだ。

当選金の受け取り予定日。指定の銀行にはおそらく、ヤノ、関口、今井、それに山本マネージャーの四人がやってくる。銀行側は、十個のジュラルミンケースをヤノに引き渡す。もしヤノ側が確認を求めてきたら、本物の入った一つを開けて確認させる。ヤノたち四人はジュラルミンケース十個を車に積み込んで、おそらくそのまま芝浦埠頭のアジトに向かうだろう。車はそうだな。ケース十個を積むんだからたぶんワンボックスとかそういうタイプだ。

ヤノたちと入れ替わりに俺は銀行に向かい、九億円を受け取る。九つのケースを載せるんだから、俺も大型の車で行く。まあ、車種は事前にお前に伝えるよ。九億を載せた車で、俺はそのまま、小戸川、お前の待つ駐車場に向かう。小戸川のタクシーに乗り換えるわけだ。九億を載せた車はそのまま駐車場に置いておく」

息をついた。なぜか両手を返して天井に向けた。

「さて、ここで登場するのが警察だ。ヤノたちはアジトに向かって車を走らせている。それを大門兄がパトカーで追いかける。大門兄は頃合いを見てヤノたちの車を停め、車の中を調べる。するとどうだ。大量の偽札が見つかる。当然大騒ぎだ。大門兄は必要以上に騒いで奴らを足止めする。通貨偽造罪は大罪だ。パトカー内にヤノたちを引き入れる理由には十分だ。

そこに到着するのが俺たちだ。小戸川、お前は現場で俺を降ろし、付近で待機。俺はヤノたちの車を奪ってその場を離れ、ヤノたちを巻いた後で車内の一億円を回収する。俺は、一億円の入ったジュラルミンケースを持って小戸川と合流。再び九億の待つ駐車場へ戻る。これで十億円が揃《そろ》う」

ニヤリとした。

「俺はヤノに勝って十億円を手にする。お前は剛力と白川を助けて普通の生活に戻る。お前のすることはただお客を乗せて運ぶことだけだ。タクシードライバーのするあたりまえの仕事だ」

また笑った。

「これが俺の作戦」

ドブが言った。

「オッドタクシーだ」

一秒くらい黙った。

「なに？　……ばっちり決まった感出してるけど」

「………」

「どういう意味？」

心なしかドブの頬が赤い。

「……オッドってのは対《つい》の片方って意味だ。俺とお前、どっちが欠けても作戦は成功しない。だから」

「オッドタクシー」

また赤くなった。

作戦を聞き終えて小戸川は言う。腑《ふ》に落ちないところがある。

「……俺の感覚からすると、一億は捨ててもいいんじゃないかと思うんだけど」

ドブがニヤリとした。「そうか？」

「だって、十億のうち九億はすでに手にしてるんだぞ？　残りの一億のためにヤノたちと顔を合わさなきゃならないリスクを取るのは得策じゃないだろ」

ドブはやっぱり笑っていた。チ、チ、と人差し指を振っている。

「言ったろ完全勝利のためだって。ヤノに渡す一億は、言ってみりゃヤノに敗北感を刻み込むためのツールだ。ヤノたちに、『ドブに負けた』って意識を植え付けるんだよ」

「………」

「一億を取り戻す過程で、俺は必ずヤノと接触する。そのときに、笑ってる俺をヤノに見せるために必要なんだ。必要経費だ」

また笑った。「ま、それもしっかり取り返すけどな」

「……一億円のチケットか」

ドブが笑った。

「そうだ。この勝負に痛み分けはありえない。俺かヤノのどっちかが消えなきゃならない」

「………」

「……十億から銀行員二人に一億ずつ渡して、あとは俺とお前で山分けだ」

「俺はいらないよ」

ドブが信じられないものを見る目をしている。

「本当にいらないのか？　お前だって、捕まるリスクゼロとは言えないんだぞ」

「いらない。こっちの条件はすべて出したし。どうせお前、これが終わったらドクロ仮面を見つけてボコボコにするんだろ？　俺の気がかりはあとドクロ仮面だけだし、それで十分だよ」

ドブが眉を顰めた。

「……ドクロ仮面のターゲットは俺に移ってるかもしれない。実際撃たれたからな」

小戸川は淡々と答える。

「お前には悪いけどその方がありがたい。これでお前との縁も終わりだ。普通の生活に戻りたい」

ドブがポケットに手を入れた。写真を取り出す。

「最後に本当のことを教えてくれ。この子は誰だ？」

暗くてほとんどシルエットになった後部座席の人影が写っていた。

「これは？」

「お前から受け取ったドラレコのキャプチャーだよ」

「じゃあこの子が行方不明の練馬の女子高校生？　ボスの同級生の娘の」

「わからない。そうかもしれないし違うかもしれない。でもドラレコのデータぜんぶに当たったけど該当するのはこの子しかいない。思い出してくれ小戸川。秋のはじめごろ、この子を乗せたはずだ」

「………」

「どうだ」

思い出した。そうか。俺、この子を乗せたことあったんだ。

「この子――、ミステリーキッスの子じゃん」

一人になって小戸川は考える。

ドブの作戦はわかった。じゃあどう動く?

ドブの作戦を破綻させ、ドブとヤノを共倒れさせるため、

俺は何をすればいい。

22

小戸川　@小戸川タクシー

白川さんから電話があった。なんでも剛力が動き回っているらしい。

「あのゴリラ、何してんだ？」

〈それが……、調べてるみたいなのいろいろと〉

「何を？」

〈小戸川のこと〉

意味がわからない。「なんで？」

〈なんか……、小戸川の病気を治してやるんだって息巻いてた〉

「病気……？　俺何かの病気なのか？」

〈まあ、病的なところは多分にあるよね。頑固だし。偏屈だし〉

「からかってるのか？」

少しだけ笑った。〈ううん。なんかね、力になりたいんだって。小戸川のなんだそれ。白川さんが笑いを引っ込めた。

真剣な声になっていた。〈小戸川、動く気でしょ〉

否定しなかった。白川さんがまた言う。

〈手伝いたい〉

小戸川は答えた。「いらない」

〈小戸川より私のが使えるってこないだわかったじゃん〉

「またガラス割られるの嫌だし」

〈むかつく〉

「やらせてほしいんだよ。俺に」

〈小戸川のわがままってこと？〉

「そう」

〈なら、しかたないか〉


動け。

山本マネージャーに確認した。

〈はい……。小戸川さんの予想通り、明日、ヤノたちは今井を襲います。そのまま銀行に行って換金の手続き。その後埠頭のアジトに連れ込んで、現金が揃う指定日まで今井を監禁する計画です〉

「わかった」

〈その後、現金を入手する際は、今井とヤノと関口、それに私も行くことになりそうです。私は……、どうすればいいんですか？〉

ドブの作戦を破綻させる一番シンプルな方法は、ドブにもヤノにも金を渡さないことだ。引き渡しのその場で、これが犯罪行為だと露呈させることだ。

「……よく聞いてくれ。現金の引き渡しの時、ヤノたちはおそらくケースの中身を確認する。その時、お前が言うんだ。もう一つ、別のケースを指差して、『こっちのケースの中身も確認させてください』って」

山本が一瞬だけ黙った。〈……偽札が用意されてるとか？〉

ためらいなく言う。「そうだ」

〈…………〉

「おそらくそれで一悶着《ひともんちやく》起こる。お前も大騒ぎしろ。とにかく時間を稼げ。その間に警察が来るように手配する。警察さえ到着すればヤノは恐喝、ドブは偽札でしょっ引ける」

〈警察って……？〉

答えなかった。「少なくともこれでミステリーキッスは守れる。お前はお咎《とが》めなしってわけにはいかないだろうけどな」

そう言っても山本は怯《ひる》まなかった。この線についてはこいつは本当にブレない。

〈ミステリーキッスが守れるなら、やります〉

そこに警官を向かわせる。

大門弟だ。

〈小戸川か？〉

「ああ。お前に話があるんだ。ドブとヤノを一網打尽にできるかもしれない」

小戸川は話した。

〈悪じゃねーか！〉

大門弟はしだいに興奮していったけれど、現場に来てほしいと伝えた途端に歯切れが悪くなった。

〈いや……、それが……。俺、しばらくは表に出られねーんだ。不祥事……、なんつうか、その……、拳銃の弾《たま》を〉

「は？」

〈いや……、なんつーか、その……。失くした！　そう！　拳銃を失くした……。ってことにする〉

「なんだそれ」

〈だから表立って動けねーんだ。ちっくしょう！　悪を根絶やしにするチャンスだってのに！〉

「そうか……。じゃあ、不安は残るが、銀行側が通報するのを待つしかないか」

〈隔靴掻痒《かっかそうよう》だぜ！〉

通話を終えて思った。「拳銃の弾」って言っていた。

来たのだ。

あの時大門弟は、芝浦埠頭に。

そして正義を執行した。

ドブを撃ったのは、大門弟だ。

最後に今井だ。

〈小戸川さま！〉

「食料、まだ大丈夫か？」

〈ええおかげさまで！　小戸川さまが届けてくれた食材、めっちゃ美味《うま》いです〉

「普通にコンビニ飯だけどな」

〈小戸川さまの愛がこもってるから〉

「ヤバいやつに狙われてるのにお前は明るいよな。手短に言うぞ。明日、お前のところにヤノが行く」

〈めっちゃ怖いじゃないですか!〉

「めっちゃ怖いと思うけど、逃げずにそこにいてくれ」

〈俺、どうなるんですか?〉

「隠すとさらに不安だろうからそのまま伝えるぞ。まず脅されて銀行に連れて行かれる。従ってくれ。そこからだいたい一週間、現金十億円が用意されるまでヤノのアジトに監禁される」

〈マジですか⁉ そんな……! ミステリーキッスのCD出るまであと一週間ちょいなんですよ! なんとかなりませんかね〉

「そこはなんとか耐えてくれ。その後、お前は現金の引き出しのためにまた銀行に連れて行かれる。もしかすると……、いや、たぶん辛い思いをするけど、そこまではヤノたちに従ってほしい。そこを乗り切ればヤノたちは警察に捕まる」

今井の声がかすかに震えていた。

〈小戸川さま……。信じていいんですね〉

小戸川は答えた。

「ああ」

家に帰ると力が抜けた。ずいぶん久しぶりに家に戻ってきたような気がする。

薄暗い部屋を、居間のテレビがチカチカ、明るくしていた。

テレビが告げる。

――先月、東京湾で発見された遺体の身元が判明しました。亡くなったのは、練馬区在住の三矢ユキさん十八歳と発表されました。三矢ユキさんは、アイドルグループ『ミステリーキッス』のメンバーとして活躍しており――

「え……?」

体を起こした。画面には写真が映し出されている。

小戸川は呟く。知らない顔だ。

「俺が乗せた子じゃ、ないじゃん」

Chapter3　オッドタクシー

1  二階堂ルイ

負けず嫌いって言葉。二種類あるんだと思う。

人に負けることそのものが嫌いな人。つまり自分が好きな人。

人に負ける自分が許せない人。つまり自分が嫌いな人。

私はたぶん後者。自分とか嫌いだけど、自分以外にはなれないからしかたなくそんな自分を守ってる。

人生は浸食の歴史だ。生まれた時は誰でも天使みたいとかしたり顔で言う大人がたまにいるけど、その目ちゃんと開いてるのって問い詰めたくなる。赤ん坊の写真を何枚か並べてみればわかるのに。同じ顔の子なんていない。つまり生まれた瞬間から、少なくとも容姿という人生を決める重大な要素については優劣が始まっている。自意識が育って周囲の大人の言っていることが理解できるようになれば、容姿に恵まれない人はまず、「ああ、この大人は気を遣ってかわいいとか愛らしいとか言ってるんだ」ってわかるようになる。つまり「不細工だ」って認識されているんだってわかるようになる。大抵の人はここで心が削られる。

勉強とか運動もそう。普通とか平均とかそういう言葉ってクソだと思う。だってみんな知ってるのに。「平均」って「下」だ。人に下される評価は正規分布しない。ほんの一部の「上」がもてはやされて、残りは全部「下」と見なされる。だって平均的な容姿で平均的な成績だった彼または彼女のことをあなたは覚えている？　あいつ、どんな人生を歩んでるのかなって気にしたことある？　お金を出してでも見てみたいと思う？　そういうこと。ここで尊厳が削られる。

私は比較的早いうちにこういう理不尽に気づいた。だから自分を守るため、私は武器を手に取った。

容姿だ。

かわいいって言われながら育った。親、親戚、近所の人。やがてクラスメイト、先生、隣の学校の生徒たち、もう少し時間が経ったら町を歩いている知らない男、顔も見たことないどっかの誰か。そういう人から寄せられる「かわいいね」が積み重なって、私はこれが自身の武器なのだと確信した。

もちろん、私は馬鹿じゃない。容姿だけは世界一、なんて、そんなことがありえないのだってわかっている。客観的に見ても自分よりかわいい子、綺麗な子だってたくさんいた。でも戦えないわけじゃない。かわいいとか綺麗は結局、「人気」でしか測れないからだ。

私は負けず嫌いだ。できれば誰にも負けたくない。少なくとも自分の武器である容姿においては負けは許されない。尊厳が傷つく。瑕《きず》のついた宝石は価値が下がる。

だから私は、圧倒的な「かわいい」には、「人気」で戦うことにした。愛嬌、話術、機転、駆け引き、時には涙。そういうのを頑張って身に着け、使いこなすことに全力を注いだ。その結果、どんなにかわいい子より、どんなに賢い子より人気者になった。

小学校、中学校、高校、それが私の居場所だった。そういう場所に居続けていたら、いつの間にかまわりから「オーラがある」とか「カリスマ」とか適当な付加価値を与えられるようになった。私の心を支える自信にはつながらなかったけど、この概念化は便利だった。「カリスマ」って誰かが私のことを別の誰かに話すたびに、まるで伝染病みたいに「私」が世に広がっていくようになったから。

十六歳。私はアイドルになろうと思った。

最初からグループ名は決まっていた。

ミステリーキッス。変な名前。

マネージャーだという山本と名乗ったキツネ顔の男が、オーディションに集まった女の子たちを冷たい目で見まわしていた。何人いたんだろう。二、三十人くらい？　もっと？　正直覚えていない。ひと目見て、「こんなもんか」って思った。メイク、髪型、カラコン、まつげ。引っぺがしたらみんな同じ。素材としては中の上。つまりみんな「下」だ。

でも、そんな中に一人だけ、素材そのものが光ってるみたいなヤツがいた。

それが三矢ユキだった。

別に飛び抜けてかわいいわけでもスタイルがいいわけでもない。なのに妙に人の目を惹《ひ》く魅力がある。視界から外れると、「どこ」って探したくなってしまうタイプ。いままでに会ったことのない雰囲気を纏った女の子だった。

オーディションの手応えは上々だったんだと思う。私が前に出た瞬間に、社長とマネージャーの顔が明らかに変わったし。まわりのライバル（笑）たちも、私にやっかみの視線を絶え間なく送り続けていたし。まあ、慣れてるし気にならないけど。

オーディションが終わったあと、例の子に言われた。

「あなたたぶん受かるよ。ダントツでかわいいもん」

私にしてみれば敗北宣言と同義の言葉を平然と告げてきた。それを聞いて、冬の日、凍りついたベンチに尻をついた瞬間みたいに悪寒がした。

彼女の言葉が、「アイドルのオーディションくらいどうでもいい」って聞こえたからだ。


合否の発表を待つ間、彼女のことを、彼女にバレないように調べた。

幼い頃からクラシックバレエと体操を習っていた。同時に陸上部にも所属していた。

父親が伝統芸能の重鎮で、ずっとセンスのいいものに触れてきた。見識も広い。

そういう土壌で育ってきたから、人前に出ることに物怖《ものお》じしない。しなやかで、したたかで、凛としている。確固たる自身を持っている。それが自信を培ってる。

勝てないって思った。

三矢ユキは、負けず嫌いですらない。

負けたことがないから、ダイヤモンドみたいな硬度の自信をもっているのだ。


合格の連絡を受け、事務所で三人顔を合わせた。

山本マネージャーは私たちを順に紹介した。

私は笑顔のまま緊張していた。最初は誰だ。

「こちらが二階堂ルイさん」

心の中で胸を撫で下ろした。

「こっちが三矢ユキさん。それと、市村しほさん。この三人でミステリーキッスを結成するから」

レッスンの日々が始まった。高校辞めてやろうかと思うほどレッスンは過密だったけど、生まれてはじめてってくらい努力してみた。隣に三矢ユキがいたからだと思う。三矢ユキは、私がセンターに決まっても顔色一つ変えなかった。レッスンも平然とこなしていた。学業成績もいいんだって。陸上部も続けているって言っていた。なんだこいつ化け物か。どうやったらほぼ毎日レッスンあるのにそんな時間が作れるんだ。ぜんぶを完璧にこなせるんだ。

市村しほだけは、私と三矢とは違うところにいた。ダンスも歌も「上手だね」って程度。顔もふつう。クラスで三番目って感じ。市村がいないときに山本マネージャーに聞いてみたことがある。「なんで市村？」って。マネージャーは普通に答えた。「ああいう子も必要なんだ。手が届きそうな子もね」って。

一年半。十六歳からの一年半だから結構な年月だと思う。はじめてのライブを迎えた。

デパートの中庭。普段はヒーローショーでもやってそうなちんけな舞台とちゃちな設備で私たちは歌い、踊った。お客は五人。一人だけ妙に盛り上がってくれるお客がいてそのおかげで散々ではなくなったけど、もちろん大赤字。あたりまえだ。宣伝写真にスタジオ代、衣装代、事務所の維持費、宣伝費、そういうのはぜんぶ山本マネージャーが賄《まかな》っていた。口癖みたいになっていた。「ミステリーキッスは俺の夢だから」って。

何度かそんな感じのライブをこなし、小さなイベントに参加した。売れないお笑い芸人がMCのイベントにも参加した。そこで馬場と知り合った。まだ顔も名前も知られていない私たちは、いじられることでしか存在を主張できなかった。

柴垣っていうイノシシみたいなほうが訊ねてきた。

「君ら仲いいん?」

私は答えた。「仲いいですよめちゃめちゃ」

「返事のスピードが速すぎて嘘っぽいわ」

馬場って馬面《うまづら》のほうが取り成していた。「そんなん言うたんなや」

イベントの帰りに、電車の中で馬場と偶然会った。顔を合わすなり、「え。電車で現場行ってんの？」と驚かれた。私は答えた。「馬場さんも一緒じゃないですか」

二人で少し笑った。自虐も少し混じっていたと思う。

駅に着くまでポツポツ話した。馬場があんまりのんびりしていて、スポンジみたいに何を言っても吸収してしまうから、いつの間にか悩み相談みたいになっていた。

「馬場さんは悔しくないんですか。あんな誰も見てないような安っぽい営業で、私たちみたいな無名のアイドル相手の仕事なんて。同期や後輩が出世していくの、どんな気持ちで見てるんですか？」

馬場はなんでも飲み込む。「びっくりした。相方と同じこと言うやん」

「みんな思ってることなんじゃないですか」

「最初は悔しかったよ。でもな、もう、実はあきらめてん。ほなめっちゃ楽になった。同期や後輩の出世も喜べるしな。それに好きなこと職業にしてんねんから、そんな贅《ぜい》沢《たく》言ったらあかんなあと思って」

正直、こうなったらおしまいだと思った。だけど、こうなれたら楽だろうな、とも思った。

私は馬場と、連絡先を交換した。

CDデビューが決まった。プロデューサーはそこそこ名のある人だった。山本さんが頑張ってくれたんだと思う。

プロデューサーがレッスンを見に来た。山本さんは感極まった様子で、妙なテンションになっていた。

「センター二階堂を中心に、ミステリーキッスは全方位に輝くんだ。三人で一つのダイヤモンドだ」

そうしたら、プロデューサーがそれを否定した。三矢ユキを指差していた。

「この子をセンターにしよう」

その後のことをあまり覚えていない。完全に処理限界を超えていた。

断片的に覚えているのは、慌てた様子でプロデューサーを説得する山本さんの姿と、困惑したような期待に満ちたような、二つの感情を戸惑いの表情の中に押し込めている三矢ユキの姿だ。

山本さんが私のいいところ、市場価値を並べ立てていく。それを受けてプロデューサーが「でも」と続きを話す。三矢の原石としての価値を説く。

競《せ》りに出された商品だと思った。

「センターは二階堂で……！」

「いやでもこの子の方がいいよ。華がある」

「しかし」

「いいの？　売れなくて」

その一言で山本さんは黙った。

次の日から、私はレッスンを休んだ。部屋で布団の中、馬場に何度もメールを送った。馬場は何にでも返事をくれた。何時でも、何通でも。

馬場と私は、付き合うことになった。


私には後がなかった。デビューの日が迫っていたからだ。

選択肢もなかった。山本さんはすでに、プロデューサーではなく私を説得し始めている。センターを三矢に譲ってくれって。私は耳も心も塞いでいた。受け入れられるかそんなの。センターでないなら私である意味がない。私は、私がセンターでないミステリーキッスなんかどうでもいい。私を輝かすために、ミステリーキッスが必要だっただけなんだ。

額に小さなニキビができた。それを鏡で見て私は決めた。三矢と直接話そうって。

三矢に、センターを辞退してもらおうって。

十月四日の夜中、たぶん一時くらいだったと思う。

三矢は電話に出た。

〈二階堂さん……？〉

決意が揺らがないよう、強い声で私は言った。

「ねえ今から事務所来て。大事な話があるんだ」

〈え。でももう電車ないし〉

「タクシーで来て。お金は払うから」

〈でも練馬だよ？　結構かかるよ〉

「いいから来て」

私も事務所に向かった。出がけに身なりを整えるとき、いつもはしない大き目のスカーフを首に巻き、普段は被らないキャスケットを頭に乗せている自分に気づいた。鏡を見て、それがパッと見で二階堂ルイに見えないことを確認していた。震えそうだった。私、変装してる。なんで。「センター降りて」って三矢さんにお願いしに行くだけなのに。言語化したくない。だって本当はわかっているから。「え。嫌だけど」って三矢さんがふつうに言うのが。そしたらそこでおしまいってわけにはいかなくなる。だって私はセンターじゃなきゃいけないんだから。そうじゃなきゃ人生終わるんだから。両天秤《りょうてんびん》でぶらんぶらんしてるのは三矢ユキの「どうせならセンター」と「センターじゃなきゃ終わる」私の人生。「嫌」を聞いたら私は次の手に移らなきゃならない。

だから私、変装してるんだ。やるつもりなんだ。やばい。感情が言葉になりかけてる。嫌だ。すごく怖い。自覚したくない。

私、三矢を殺そうとしてるんだ。

事務所の鍵は開いていた。つまり、三矢はすでに来ているのだ。

ドアノブを回しながら思った。自らに暗示をかけるように。

生きるためだ。しかたない生きるためだ。私の生き方を貫くためだ。私は三矢と違う。私は負けず嫌いだけど、それは中身が脆いからだ。自尊心は鎧《よろい》だ。中身はふにゃふにゃだ。一突きで内臓まで届いて血を吐いて倒れる。鎧を失ったら、私はもう立ち上がれない。

私はミステリーキッスのセンターという鎧を、守らなきゃならない。

生きるため、失うわけにはいかないんだ。

事務所の照明は消えていた。鍵は開いていたのに真っ暗だった。ドアから差し込む廊下の常夜灯の明かりで部屋の中の凹凸だけが見えていた。部屋の真ん中にあるテーブル。その上に奇妙な盛り上がりがあった。巨大な猫がテーブルの上で丸まっているみたい。けどその猫からだらんと二本の長い脚が生えていた。床を差したまま二本の脚はピクリとも動かない。

照明を付け、一歩近づいてわかった。

三矢ユキは、すでに死んでいた。

私じゃない。

不意に足音が聞こえた。私は反射的にドアの方を振り返った。

男が立っていた。男が言う。

「事務所の明かりがついてたから来てみたんだけど……。二階堂かお前」

山本さんだ。山本さんが部屋の中に入ってくる。

体がガタガタ震えている。無理だこれ。抑えられない。

山本さんがテーブルに目をやった。

「あれ？　そこに横になってるのは誰だ？　三矢か？　なんでテーブルの上に横になってるんだ？」

山本さんが、私の横をすり抜けて、三矢の死体に近づいていく。私は唇を何度も噛んでいた。顎がガクガクして勝手に唇を噛みきってる。血の味がした。違う。それは私じゃない。やりそうだったけど、私はやってない。

山本さんの動きが止まった。テーブルの前に立ち、三矢の死体を見下ろして、私に背中を向けたまま言った。

「お前がやったのか」

見えないのはわかってるのに、何度も首を横に振っていた。

山本マネージャーはそのままじっと何かを考えているようだった。やがて彼はスマホを取り出して、どこかに電話を始めた。「しかたない」って呟いてから。

「お前がやったのかどうか、それはこの際措《お》いておく。どうやったらミステリーキッスを守れるのか、今はそれを考えるべきだ」

コールが鳴っている間に、山本さんは私に向けてそう言った。部屋の四隅をめぐるみたいに歩き続けていた。「……公表はできない。悲劇で売り出すにはリスクが大きすぎる」

言下に「お前が犯人だったらミステリーキッスは終わる」って言われているんだと思った。

相手が電話に出たらしい。山本さんは小さく、だけど本当に切羽詰まった声で誰かと話していた。「まずいことになりました」「処理が必要なんです」って聞こえた。

通話を終え、山本さんが自分に言い聞かすみたいに言った。

三矢の死体を見ている。

「隠そう」

それから小一時間ほど。二人の知らない男が事務所にやってきた。男は二人とも手袋をしていた。三矢の死体を見ても驚かなかった。事情を話して山本さんが呼んだのだ。

奇妙な喋り方をする小さい方の男が言っていた。

「気持ちわりい　マジ無理無理無理い　ストリート育ちの俺でも見慣れない死体　わかんないけどパッと見た感じまず鈍器で殴打？　そのあと絞殺　これがドンキでオーダー　スーツ買うような俺の考察」

ほとんど何を言っているのかわからなかった。大柄な男の方は普通に話していたから山本さんは主に彼と意思疎通を図っていた。

「こういう状況でして……。関口さん」

「ああ。そうだな。わかった。これを処分すればいいんだな」

「はい。お願いします」

「その前に報酬について話をつけておきたい」

「はい」

死体を前に普通に話しているって、やっぱりこの人も普通じゃないのかもしれない。

山本さんと関口って大男は小声で話していたけど、部屋が静かだから聞こえてきた。

今日以降のミステリーキッスの売り上げの半分を献上すること。

それと、私と市村しほ、メンバー二人をヤノたちの仕事に自由に利用する権利。

明らかに暴利だし人権とか尊厳とかそういうのぜんぶ無視してるけど呑《の》むしかなかった。

私たちに選択肢はなかった。

この日から私と山本さんは、ヤノたちの奴隷になった。

和田垣《わだがき》さくらを山本さんが事務所に連れてきたのはそれから数日後のことだった。

顔は似ていない。だけど背格好と雰囲気がどことなく彼女に似ていた。

和田垣さくらは、元気が売りの居酒屋の店員みたいな笑顔で私と市村に挨拶した。

「九州からきました和田垣さくらです！　ルイさん、しほさん、よろしくお願いします！」

山本さんが和田垣の肩に手を置いていた。その顔は暗かった。数日前のあの日、山本さんと私も死体の処理を手伝った。山本さんが呼んだ二人の男に「おい」と言われたからだ。山本さんは三矢の入ったビニールシートを汗だくになって車まで運んでいた。私も同じ車に乗って、明かりの無い真夜中の埠頭まで行った。そこにあった倉庫の中で、三矢ユキだったものを身元不明の遺体に処理して、浮いてこないようにダンベルのプレートを巻きつけて、またビニールに包んで真っ黒な海に投げ込んだ。

夜明け間近だった。

自分が目を開けているのか閉じているのかわからなくなるくらいに疲れていたけど、まだまだやらなきゃならないことがたくさんあった。二人の男の指示を受けながら、三矢を処理した痕跡を消すために倉庫の床の血を丹念に拭った。血を拭って大量の水で洗い流したら見た目は綺麗になったけど、疲れも痛みも匂いも消えなかった。二人の男が立ち去ったあと、私と山本さんで事務所に戻り、ここも倉庫みたいに、何も無かったことにするための処理をした。

そのとき、三矢の死体と同じくらいに顔を白くした山本さんが、テーブルを強く拭きながら言っていた。

「三矢のスマホ……、どこか遠くまで運んでから処分しなきゃならないな……」

体重をかけて、鉋《かんな》でもかけるみたいにしてテーブルを磨いていた。顔は白いのに額には汗。

私も手伝った。床、壁、きっと触れてはいないだろう場所だって拭かずにはいられなかった。腕の動きに合わせていつの間にか呟いていた。三矢ユキなんて、初めからどこにもいなかったんだ。何もなかったんだ。

忘れろ。

和田垣さくらが、転校生が先生を見上げるみたいにして山本さんを見ている。

オーディションではじめて三矢と会った時のことを思い出した。この場所だった。

この場所にいると、記憶の残滓がそこかしこに手を伸ばして三矢を連れてくる。

それが一生消えないような気がしている。

「彼女にはもう説明してあるが、和田垣は、三矢ユキという名義で活動してもらうことになった」

それを聞いた市村が、頭の悪そうな顔をますますアホっぽくして訊ねた。

「え？　三矢さんは？　本物の」

山本さんは市村から目を逸らした。「連絡がつかないんだ」

市村は私と山本さん、それから和田垣にきょろきょろ目をやっていた。「え……。でも……」

「デビューの日は動かせない。時間がないんだ。二階堂以外のメンバーにはこれをつけてもらう」

そう言って山本さんが取り出したのは仮面だった。ミステリーキッスのセンターじゃない二人が顔を隠すために身に着ける揚羽蝶みたいな仮面。市村がそれを受け取って、仮面に目を落としたまま唇を噛んで俯いた。和田垣はラメの入ったその仮面を物珍しそうに明かりに翳《かざ》して眺めていた。

これは私と山本さんで決めたことだ。代役を立てる。ミステリーキッスを存続させるため。そして事実を隠すために。

山本さんは二人を納得させるため、こんなことを言っていた。

「仮面で売り出して話題性を高めるんだ。三矢が帰ってきたら仮面を外して再デビュー、そこでブレイクだ！」

誰も信じていない夢の物語。百パーセント実現しないバーチャルのビジョン。だって三矢ユキは、もう帰ってこないんだから。

練習の日々が帰ってきた。三矢がいた場所には和田垣さくらがいる。三矢ユキとして踊っている。山本さんからの厳命で、和田垣さくらという名前は口に出せないことになった。隣にいるのは三矢ユキだ。

事務所の控室で訊ねてみたことがある。

「三矢さんは嫌じゃないの？　顔も名前も表に出ないって」

和田垣は山本さんの差し入れのからあげを手づかみで食べながら笑って答えた。

「ぜんぜん。私ね、このオーディションに落ちた時にどうしても認めたくなくて、あとで山本さんに直談判したんだよ。どんな形でもいいからメンバーに入れろって」

「へえ」

少し引いた。この人、自分の欲を隠そうとしない人なんだ。

「だって不合格の連絡もらった時に言われたんだもん。四番目だったって。メンバーが四人なら選ばれてたんだよ？　悔しいでしょ？」

愛想笑いしたけど同意はしなかった。私にとってはセンター以外はみんな一緒だ。居ても居なくても同じだ。

違う人の名前で呼ばれ、違う人間として評価を受ける。それを受け入れてでもミステリーキッスのメンバーでいようとする。

単純に思った。なんだそれって。

からあげの油で唇を光らせて、和田垣が私に笑顔を向けていた。

「だってミステリーキッスには二階堂さんがいるんだよ。絶対売れるって思ったし」

おべんちゃらには聞こえなかった。私も笑顔をつくって訊ねる。

「売れたいの？」

即答された。「売れたい。私んち母子家庭なんだ。売れて、九州のお母さんに楽させてあげたい。お母さんね、仕事もしてるのに、毎朝早く起きてお弁当つくってくれるんだ」

「へえ」

和田垣さくらが指をもじもじさせている。自分の指を見たまま言う。

「私……、何の取り柄もないから。消えちゃいたいって時々思うけど、テレビに出るアイドル見ると元気になれたんだ。だから――」

鬱屈した想いは表現者にとっては武器になる。お金にならない感受性はただのメンヘラだ。

この子は、私とは別の意味で欲望に忠実だ。

飢えた野生動物みたいだって思った。

山本さんと二人きりになるのが日に日に辛くなっていく。事実を知っているのは私と山本さんだけだ。だからせめて私が山本さんの支えになってあげなくちゃいけない。そうは思うけど、二人になれば話に出るし、シンプルに辛い。記憶が蘇ってその度に上塗りされて色濃くなっていく。

練馬で女子高校生が行方不明になっているというニュースが報じられた時、私たちは警察にいろいろ聞かれた。そりゃそうだ。だっていなくなったのはミステリーキッスの三矢ユキなんだから。

私は答えた。頭の中で作り上げたビジョンをなぞりながら。

「わからないです」

「すごくショックで……」

「デビューを間近にしてみんなナーバスになってたから……」

市村しほは、期せずして私と同じような反応を示していた。

「急にいなくなっちゃって……。せめて連絡だけでもくれればいいのに……」

この子が賢しくなくてよかったと心から思った。

山本さんはヤノたちと頻繁にやりとりしていた。イベントの売り上げの話だったり、三矢ユキのその後の話だったり。

「ヤノさんからの情報だ。三矢はあの日、練馬からタクシーに乗ってここまで来た。問題は、その時に使ったタクシーのドライバーだ。ドラレコに映ってしまっているかもしれない」

「ヤノさんから指示が入った。三矢の捜索願を取り下げさせるため、俺宛てに三矢から、『元気でいる。自由に生きたいので放っておいてくれ』と連絡が入ったことにする」

「そんなんで取り下げたりするかな……」

「これは表向きの理由だ。実際は取り下げざるを得なくするんだよ。三矢の父親と、かなり大物の反社会的人物が繋がりを持っていることがわかった。三矢はその事実を知って、『これではアイドル活動なんてできない』とショックを受けて家出したんだ。そういう筋書きにしてご両親に捜索願を取り下げさせる」

「その繋がりって……、本当なの？」

「事実だ。だからこそ、三矢の父親は、自身の身を守るためにも捜索願を取り下げざるを得なくなる。そうなれば俺たちは安心して生活できる」

警察の捜索や捜査がなくなれば眠れるのか。

一瞬そう思ったけど、すぐに掻き消した。

とてもそうは思えなかった。


お酒にどっぷりはまる大人が大勢いるけど、その理由がよくわからなかった。求めてるのは味？　雰囲気？　酩酊《めいてい》？　体は壊れるし頭は回らなくなるし、長く続ければ見た目も劣化する。なのになんで前後不覚になるまで酒を飲むのか。

レッスンにひたすら打ち込んでいる自分に気づいてその理由がなんとなくわかった。喪失のためだ。何も考えないためだ。

季節が秋から冬に移り変わって、インターフォンが突然鳴って警察がやってくる悪夢があたりまえになった頃、テレビが私たちの築き上げた砂上の楼閣を崩落させた。わりとあっさりと。

——亡くなったのは、練馬区在住の三矢ユキさん十八歳と発表されました。

ほとんど同時に私の携帯電話が鳴り出した。誰からの電話か、表示されている名前を見たくない。

——三矢ユキさんは、アイドルグループ『ミステリーキッス』のメンバーとして活躍しており——
鳴り続ける。私が出るまで、誰かが私を呼び続ける。

2  小戸川 @小戸川タクシー

クリスマスの街は白く見える。気のせいなんだろうけど、なぜかそう見える。
小戸川は駐車場に停めた車の中でリクライニングを倒して体を横たえていた。こうするとフロントガラスから空が見える。もう冬だ。もうすぐ日が暮れる。
白川さんのことを考えていた。
山本の襲撃から助けてもらったあの時から会っていない。電話で話したあと、少しだけメールのやりとりをした。
白川：いろいろ考えたけど、しばらく剛力先生と一緒に行動することにしました
小戸川：何するんだ？　剛力もあんたも今は無職だろ
白川：小戸川さんにはできないこと
これだけだ。
「俺にできないことか……」

たくさんあるなって思った。まず小戸川は大声で笑えない。人が大勢いる場所が苦手だ。うまく眠れない。食事を楽しむのがヘタクソだ。料理はまあ自分が食べるものは作るけどそれ以上はしない。誰かに食べてもらいたいとか思ったことがない。人の話を聞くのは嫌いじゃないけど、人のことを知ろうとするのが不得手だ。うまく質問ができない。興味がないのが相手に透けて見えてしまうんじゃないかと怖くなるからだ。考えてみるとできないことだらけだ。自分に興味を持てない。人に興味を持てない。誰かを信じることができない。

白川さんと、なぜか剛力の顔が浮かんできた。あと柿花も。深く息をつく。

人を信じるのって、ものすごく体力がいるな。そりゃそうか。今までの四十一年の人生で、信じる人を増やした経験なんて数えるくらいしかなかったんだ。親みたいに最初から隣にいたわけじゃない。育英会の顔も知らない里親や柿花みたいに長い時間をかけてゆっくり信じてきたものでもない。受け身でなく自分から「信じよう」とするなんて、もしかして俺にとっては初めての経験なのかもしれない。

しかも、最初は騙す気満々で近づいてきたって本人も言ってたのに。

「第三者的に見てみると、いかれてるな。俺」

また息をついた。夕日が町を染め始めている。

でも、信じてみたいんだ。

ドブに指定されたコインパーキングは七割ほどが車で埋まっていた。十五時四十分。

「例の現金引き渡しの時刻、十二月二十五日十六時に決定した」

ドブにそう言われたのは一週間ほど前だ。三矢ユキの遺体が東京湾で発見されてすぐだった。ヤノたちは、ドブの予想通り、今井の居場所を突き止めて今井を拉致した。ヤノたちが乗り込んでくる直前に、今井から『来ました』とメールがあったから確実だ。

ドブは言っていた。

「ニュース見たか？ こうなったら山本はおそらく来ない。ラッキーだな。ヤノ側の人数が少ないほうがやりやすい」

小戸川は答えなかった。山本マネージャーが現金引き渡しの現場で偽札を見つけて計画を破綻させるのが小戸川の策だったのだ。その実現が不可能になってしまった。今井はヤノたちに監禁された状態だから、今井に連絡を取って山本の代わりをさせることもできない。

思わず呟いてしまった。「……まずいな」

ドブは聞き逃さなかった。

「何が」

咄嗟に取り繕った。「いや……。三矢ユキの遺体が見つかった場所とヤノのアジトが近すぎると思って」

ドブが「ああ」と納得した声を出した。

「そうだな。ヤノ側が現金の運び場所を変更する可能性がある。ルートが変わっちまうかもな」

「どうするんだよ」

「考えてあるさ」


小戸川は腕時計を見る。ヤノたちが今井を連れて銀行に到着するのが十六時。そこから現金の引き渡しを終えて、九億を積んだドブのライトバンがここにやってくるまでおそらく十五分から二十分。さっき山本に電話をしてみたけど無駄だった。すぐに切られた。それどころじゃないのだろう。

小戸川はスマホでテレビ配信を見る。そろそろ山本たちの記者会見が始まるからだ。小さな画面の中で、記者たちに山本マネージャーが囲まれていた。会見席の山本の隣には初めて見る顔があった。事務所の社長だろう。さらにその隣には二階堂ルイと市村しほ、それにニセモノの三矢ユキがいる。

山本がガバリと頭を下げた。下げたまま腹に力を込めて言う。

〈この度は――、お騒がせして申し訳ありません〉

隣で社長も頭を下げていた。どこか投げやりな態度にも見える。カメラのフラッシュで画面が明滅している。柿花を騙した市村しほが、フラッシュを浴びて眩《まぶ》しそうにしていた。何度も目をしばたたいている。

喋るのは山本ばかりだ。

〈三矢ユキが遺体で見つかったと聞いて……、私どももショックを隠し切れません。十月ごろ、三矢ユキのお母様から『娘が帰らない』と連絡がありまして……。私どもも懸命に探したのですが見つからず、かつ、ミステリーキッスはデビューを直前に控えていたこともあって、オーディションに来ていた別の子、――この、和田垣さくらを三矢ユキに見立ててデビューに踏み切りました〉

山本が黒猫の女の子を手のひらで示した。小戸川のタクシーに乗って、おいしそうにからあげを食べていた子だ。この子が、死んだ三矢ユキの代役を務めていたのか。

黒猫の子がペコリと頭を下げた。それだけで何も言わない。

またフラッシュ。

〈結果的に、世間、そして関係者の方々を騙す形となってしまい、誠に申し訳ありませんでした〉

記者のひとりが声を上げた。

〈『他殺』との情報がありますが、何か思い当たることは？〉

山本が一度空気を飲み込んでから、ゆっくりと口を開いた。

〈そうですね……。何しろデビューを前にして、十分な給料も渡せていませんでした。必然的に彼女たちは、宣伝にSNSを使ったり、積極的にファンと接したりしてミステリーキッスを盛り上げようとしていました。ですから、その……、ファンとの距離が非常に近かったということになります〉

記者が色めき立った。

〈ファンに殺害されたということですか？〉

〈いえ……、あくまで可能性の話です。そういう状況にあった彼女たちを、プライバシーやセキュリティーの面でも守ってやれなかったということは、まさに私どもの落ち度であり、悔やんでも悔やみきれない気持ちでいっぱいです。また……〉

言いよどんだ。いや、あえて間を置いたのかもしれない。

〈……娘さんを我々の事務所に預けてくださった笑風亭呑楽さんに、合わせる顔がありません〉

思わず呟いていた。「マジかよ……」

落語家の呑楽の娘だったのか。N-1の審査員を務めるような、メディアに露出しまくっている芸能界の重鎮だ。つまり、呑楽がドブのボスと繋がっていたってことだ。そんな反社の代表みたいな人物との繋がりが露見したら、呑楽は終わる。だから、娘の三矢ユキが見つかっていないのに捜索願を取り下げざるを得なかったのだ。

窓をコツンと叩かれた。

「よお」

首を曲げたら制服姿の大門兄が立っていた。小戸川は苦笑する。

「まさか……、お前らに加担することになるとはな。お前、定位置についてなくていいのか？」

「ああ。ヤノたちのアジトの場所が変わったんだ。だから俺が銀行から直《じか》に尾行することになった。頃合いを見てヤノたちの車を停めて、あとは計画通りだ」

なるほど。これがドブの言っていた「代案」らしい。小戸川は探りを入れてみる。

「弟は？」

大門兄が表情を険しくした。「長いこと出勤してない。様子がおかしいなとは思ってたんだけど、従順でかわいい弟が俺からの連絡も無視するとはなあ……。なあタクシードライバー。お前、弟になんか言った？」

表情に出ないよう意識する。「まさか。俺たちはもう仲間だろ」

大門兄が小戸川を見ている。その目をルームミラーに向けた。

そこに、ヘルメットをかぶったアヒルの小さな人形がぶら下がっている。小戸川がタクシードライバーをはじめた二十年前からずっとそこにぶら下がっている人形だ。

人形を見たまま大門兄が言った。

「大きな括りじゃ、お前と俺は最初から仲間だよ」

大門兄がパトカーに戻って行った。小戸川は時計を見る。

十五時五十八分。

ヤノと関口が、今井を連れて銀行に入る時間だ。

3　ヤノと今井とドブ

九つのジュラルミンのケースが、沈みかけた陽光を受けてキラキラしている。ドブはそれを眺めてしみじみと思う。

楽しい。実に爽快な気分だ。

十六時ジャスト。ヤノと関口は今井を連れて銀行にやってきた。今井が行内に入り手続きを済ませ、ドブの息のかかった銀行員二名が、偽札の詰まった十個のジュラルミンケースを荷台に載せて、ヤノのワンボックスまで運んだ。ドブは銀行の裏手に隠れて一部始終を見ていた。楽しくてしかたない。

関口が行員に確認していた。「中身……、確認しても構わないですか」

打ち合わせ通り、行員は右上のジュラルミンケースを開けてみせた。「本物で間違いないですね」関口が札束を一つ摘《つ》まみ上げて確認していた。ヤノにも見せてる。

少しだけドキリとしたのは、ヤノが余計なことを言い出したときだ。

「ヘイヨー　十個並んだこのジュラルミン　下の方まだまだ未確認」

それを関口が諫《いさ》めた。

「いや、ヤノさん。ここは早く立ち去りましょう。ドブさんが何を企《たくら》んでいるかわからない。何かあったら後で俺が彼らと話をつけます。今井……、お前行員の名刺もらってるよな」

ハグしてやりたい気分だった。不満げな顔をしながらも関口の提言に従ったヤノにも賞賛を贈りたい。俺の勝利に貢献してくれてありがとうお前ら。肝心なところで抜けているお前たちの不幸と不運に乾杯だ。

ヤノと関口が今井を乗せて立ち去ってからすぐ、ドブは行員たちに用意させていたホンモノの九個のジュラルミンケースを自分のライトバンに積み込んだ。うっとりする。この重さ。

携帯に着信があった。大門兄だ。

〈ヤノたちを追う〉

嬉しい。「おう」

ビクビクしている銀行員二人には笑顔をプレゼントしてやった。

「ドブさん……。大丈夫なんですか我々。あとであの人たちから報復されたり……」

機嫌がいいから声も弾む。「大丈夫だ。あいつらは勝負に負けていなくなる。もうどこにも、あいつらの居場所はなくなるよ」

行員がおずおずと言ってきた。二人寄り添うようにしている。「あの……」

ドブは笑う。やっぱり小戸川はおかしいんだ。これが人間だ。

「わかってる。報酬はそれぞれ一億ずつ。十億全部取り返してからお前たちに渡す」

4 小戸川とドブ　@小戸川タクシー

ドブがやってきた。小戸川は駐車していたタクシーを前進させる。そこにドブの運転するライトバンが滑り込んできた。小戸川のタクシーと入れ替わる。

ドブが降りてきた。血色がいい。艶々している。

「うまく行ったみたいだな」

唇だけで笑っている。「今のところな。念のため九億を確認する。手伝ってくれ」

バンのトランクを開けて、ケースを順番に開いていく。札束に触れる小戸川を、食欲旺盛な高校球児を満足げに眺める監督みたいな目でドブが見ている。からかうように言ってきた。

「どうだ。報酬欲しくなってきただろ？」

小戸川は答える。本気だ。「いや、いらない。タクシー料金はもらうけどな」

ドブが大袈裟《おおげさ》に肩をすくめてみせた。「ブレないな、小戸川。安いもんだ」

ドブの携帯電話が鳴り出した。ドブが表情を引き締めて電話に出る。「おう」

〈南方面に向かってるみたいだ〉

ヤノたちを追っている大門兄からの連絡だ。ドブが答えている。

「それなら日の出ふ頭へ向かうはずだ。あのあたりにヤノの拠点の一つがある」

〈なら手前の橋で止める。それでいいか?〉

ドブが笑った。「ああ。それがいい」

小戸川はドブたちの会話を聞きながら、手に持っていた札束をケースに戻した。その時に、手の中に忍ばせておいたGPSをケースの底に滑り込ませた。小戸川のタクシーに隠されていたドクロ仮面が仕掛けたGPSだ。山本が動けなくなり、今井の金はヤノとドブに渡ってしまった。ヤノとドブを一網打尽にするためにもう手段は選んでいられない。自分の命を狙っているかもしれないドクロ仮面だって利用する。俺がお前を使ってやる。

通話を終えたドブが小戸川のタクシーの助手席に乗り込んだ。小戸川を呼び寄せて言う。

「目的地が決まった。タクシーの出番だ」

小戸川は運転席に乗る。いつも通り訊ねた。

「どちらまで」

「日の出ふ頭まで頼む。安全運転でな」

もうすぐ決着がつく。

小戸川が負けるか、ドブとヤノが負けるか。

5  柴垣と  馬場　@N-1敗者復活戦会場

N-1の審査員から呑楽の名前が消えていた。娘が遺体で見つかったのだからしかたないだろう。だけど本選は行われる。N-1敗者復活戦。ホモサピエンス柴垣はこれにすべてを懸けている。

直前のコンビのネタと観客、審査員の反応をつぶさに観察して演じるネタを決めた。

舞台袖で馬場に言う。

「タイムマシンでいくぞ」

「わかった」

司会者が言った。「芸歴十四年！　ホモサピエンス！」

駆け出す。隣の馬場にだけ聞こえるよう小さく言った。「間違えたら殺すから」

前の方の席にこの間の長嶋という高校生が座っているのが見えた。

馬場が言う。

「どうもー。ホモサピエンスでーす。よろしくお願いしまーす」

「もう後悔することばっかりですわ」

「えどうしたんいきなり」

「今の発言にもう後悔が始まってるし。ネガティブやったかなぁとか」

「いや考え過ぎや。大丈夫やって」

「どうやったら後悔せんで済むん？」

「あー、そりゃ悔いのないように精一杯生きるしかないやろ」

「たまに映画とかであるやん。タイムマシンで子どもが親に会いに行くみたいなやつ」

「ありますね。何か後悔することがあってそれを解決しに行くみたいな。感動しますよねあれ」

「まだ見ぬ自分の子どもが会いに来たら感動するやろな。あれちょっとやってみたいねん」

「ええやん。やろうや」

「……今俺、変なこと言い出したんちゃうやろか……」

「もう後悔してるやん！　大丈夫やって！　俺やるから」

「ほんま？　じゃあやってみよ」

コントパートに入る。

「お……！　お父さん……！」

「お前、まさか……！」

「お父さんの、……五歳の息子だよ！」

「えっ⁉」

「ああ、この人がお父さん！　五年前に僕に生を授けてくれたお父さん……！」

「俺五年以内に死ぬやん！　その感じからして確実に死ぬやん！　バレてもうてるやん！」

「何もしてやれなくてごめんお父さん……」

「しかも打つ手もないやん！　お父さん死んでまうけど五年後に薬が見つかったから助けにきたとかでもないやん！　それやったら来んといて！」

そこそこウケてる。柴垣は舞台に一瞬だけ目をやる。

笑顔の観客の中、長嶋聡だけが、世界の存亡でも見るような目で柴垣を見ていた。

6 小戸川とドブ　@小戸川タクシー

スピーカーにしたドブの携帯電話がさっきから状況を伝えてくる。

〈いまヤノたちの車を停めた。ホワイトのワンボックスカーだ〉

ドブが短く言う。「よし。ヤノたちは大人しく従ったか?」

〈ああ。逆らったらかえってこちらに名目ができるしな。今路肩に寄せて停車したところだ。これから職質する。音声はどうする?〉

「このままスマホをポケットにでも忍ばせておいてくれ」

〈わかった。喋るなよ〉

「ああ」

ドアが開き、閉じる音がした。大門兄が歩く足音。すぐにコツコツと窓を叩く音。

関口の声が聞こえた。

〈なんですか〉

大門兄が言っている。

〈強奪犯が逃げているって通報が入ってね。ちょっと車見せてもらえます?〉

関口の声が苛立っていた。〈急いでるんですよ〉

大門兄が間延びした声で言った。〈協力してくださいよー。車の中確認するだけなんで。とりあえずトランク、開けてもらえます?〉

しばらく間があってからトランクの開く音がした。大門兄の移動する足音。声。

〈わ。この大量のジュラルミンケースなに? なにこれ?〉

誰も答えない。〈開けるよ。いいね? 開けるからね〉

留め金の外れる音。同時に大門兄がわざとらしく「うお」と声を上げた。

〈わあ! わあすごい! 札束だ! これは怪しいなあ〉

やっと関口が喋った。少し声が掠れている。〈宝くじが……、高額当選したんです〉

大門兄がとぼけている。〈え。あなたが?〉

〈いや……。そこの〉

〈え、後部座席の君。君が当てたの? 間違いない?〉

今井がやっぱり掠れた声で答えた。〈あ……、はい〉

大門兄がまた別のケースを開けたようだ。留め金の音。すぐに呟いた。〈あれ?〉

急に声を大きくした。〈あれー！　これおかしいな。これ偽札だ！　偽札だね〉
はじめてヤノの声をスマホが拾った。〈あ!?　ちょちょちょっと待て！　偽札!?〉
大門兄が落ち着いた声で続ける。〈宝くじが当選したんじゃなかったの？　なんで偽札こんなに持ってんの？　偽札ってこれ大事件だよ。通貨偽造っつってな、無期か三年以上の懲役だからねコレ。ちょっとパトカーで話聞かせてもらうよ〉
ヤノが叫んでいる。〈偽札とかそんなワケねえだろ！　銀行から受け取ったんだぞついさっき！〉
関口の声。〈ヤノさん……〉
ヤノの叫び返す声。〈なんだ関口うるせえな！〉
〈韻が踏めてません……。ライムになってないんです〉
〈ああ!?　うるっせえチクショウ！　誰だ嵌《は》めやがったの！　おいポリ公、さっきの銀行員調べろよ！　そいつが俺たちに偽札摑ませたんだよ！〉
〈あー。まあいいからとりあえず車降りて。パトカーで話聞くから〉
〈ふざけんな！　おい関口車降りろ！　他のケースの金も調べんぞ！〉
〈は……、はい〉
ガサガサ音が聞こえる。その音がどんどん速くなる。ドブが隣で笑いをかみ殺している。

〈なんだよなんだよマジかよこれ！　ああもうマジかよ！　チェックした一個以外全部ニセモノじゃねえかよ！　おいお前関口ぃい！　お前言ったよな！　俺が他もチェックしようって言った時言ったよな！　そんなのいいから早く立ち去ろうってよぉ！

お前どうすんだよコレ！〉

〈それは……〉

ドブの顔が真っ赤だ。吹き出さないよう両手で口を塞いでいる。こめかみの血管がピクピク言っている。

大門兄が呆れたように言った。

〈偽札だって確認できた？　じゃあパトカー乗って。あ、あと当選者だっていう君。君はこいつらの何なの？　友達？〉

今井が戸惑っている。〈あ……、いや……、あの……。お金を運ぶのを手伝ってもらったっていうか……〉

〈偽札だって知ってたの？〉

〈いえ……〉

〈ああそう。じゃあ帰っていいよ〉

今井の声が返ってこなかった。ポカンとしているのかもしれない。代わりにヤノが叫んだ。

〈いや何でだよ⁉　なんでそいつは帰すんだよおかしいだろ⁉〉

ヤノと大門兄がやりとりしている。ヤノは何を言っても墓穴を掘る。大門兄がすべてを知った上で会話を誘導しているからだ。明らかに動転している。ドブが腕を伸ばしてスマホの通話を遮断した。水面に出てきたダイバーみたいに豪快に息を吹き出す。

「ははっ！　はははははは！」

笑ったままドアを開けて出て行く。

「じゃあ俺は行くわ。ヤノたちの車から一億を取り返してくる」

小戸川は肯く。「ああ」

ドブが歩き出した。

「小戸川はここで待っててくれ。聞きたきゃ漫才の続き、聞いててもいいぜ」

7 柴垣と馬場　@N-1敗者復活戦会場

飛んだ。なぜかこの一瞬で完全にネタが飛んだ。なんで……？

舞台の上で馬場が不安そうに目を泳がせて柴垣を見ている。くり返した。

「いやだから、助けに来たんですすらないなら来んといてってゆうてんねん！」

飛んでる。出てこない。

「…………」

「…………」

「…………。あ……、でもあのお……」

「あの、なんやねん」

「…………」

「あー。あれや。他に何を後悔してんの？」

「…………」

「ほら」

「…………。……もうね！　後悔だらけですよ」

「だから何を後悔してんねん！」

駄目だ。出てこない。キレるしかない。

「うっさいわボケ！　お前とコンビ組んだことを後悔してるわ！」

「なんやねんそれ！」

「芸人になったことも後悔してるわ！　夢なんか追いかけるべきちゃうかったわ！」

「マジでなんなんそれ！」

「うっさいわ！　なんやこれ！　なんやこの展開⁉　神様忘れとんとちゃう？　あんたの盲点にホモサピエンス入り込んでへんか？　なんやあ！　もうう！　腹立つ！」

「こっちが腹立つわ！」

誰も笑わない。

そりゃそうだ。これは漫才じゃない。

ワンワン鳴いているだけだ。

負け犬の遠吠えだ。

8　小戸川とドブ　@小戸川タクシー

ドブが戻ってきた。銀色のケースを脇に抱えている。
一億円だ。
ドブが短く言った。「トランク開けてくれ」
小戸川は無言でトランクを開けた。そこにドブが一億円を積み込む。

また助手席に乗り込んできた。座りながら言う。「さっきの駐車場まで頼む」

車が走り出してから、ドブがゆっくりと言った。湯上がりに広縁でくつろぐみたいな態度と声で。

「完全勝利だ。ヤノたちが大門兄のパトカーにいる間に、ヤノのワンボックスを奪って逃げてやった。ヤノと関口の顔がはっきり見えたぜ。宇宙人と遭遇したみたいな顔してやがった。ククク」

「…………」

「ワンボックスはその辺に乗り捨ててきた。用があるのは一億円だけだからな。これで十億ぜんぶ取り返したってわけだ。なあ、祝ってくれよ小戸川」

小戸川は答えない。ドブが小戸川をチラリと見てから自らを窘《たしな》めるように言った。

「慎重だな小戸川。そうだな……。駐車場の九億を回収するまで油断は禁物だ」

「…………」

「どうした？　なんで何も言わない」

小戸川は敬語で言う。「あ、私に言ってたんですね」

ドブの目が鋭くなった。「なんだ。もう他人のフリかよ。もうちょっと付き合えよ」

「もちろん、ご指定の駐車場まではお送りしますよ」

ドブが鼻で笑った。「いいよそんな演技しなくても。ドラレコはちゃんと回収するから」

バレている。現金回収の直後なら気が弛んで、犯罪の証拠映像を残せるかと思ったのに甘かった。やはりドブは抜け目がない。小戸川は深い息を吐き出す。

ドブがニヤニヤしている。

「俺を警察に突き出すつもりだったのか？　無駄だっての。なあ小戸川、ここまで来て裏切ろうとかするんじゃねえよ。いま俺の敵に回ったら全力で叩き潰すからな。お前だけじゃない。もちろん白川もだ」

また白川さんの名前を出された。

「白川さんをどうする気だ」

「そうだな。きちんと殺してやるよ」

小戸川は重い息を吐く。

「わかったよ。お前はそういうヤツだったな」

「ああ。もうそこそこ長い付き合いだろお前と俺は。俺のこともわかってきただろ流《さす》石《が》に」

「お前にギャフンと言わせてやりたかったんだけどな」

「はは。ヤノとの勝負は俺の完全勝利。小戸川との勝負も俺の圧勝ってところか。知ってたか小戸川。実は強いんだ、俺」

「そうだな。強いよお前は」

「だろ？」

九億円を載せたライトバンが停めてある駐車場に向かう。さっきGPSを仕掛けてから数十分。

小戸川は最後の切り札のことを考える。

拳銃を持ったドクロ仮面は、あの駐車場にいるか。

いないか。

9 小戸川とドブと田中　@小戸川タクシー

いた。知らないヤツが九億を載せたライトバンを覗き込んでいる。
タクシーを止め、ドブと一緒にそいつを見た。薄汚れたパーカーを着たピューマだ。
そいつが右手にむき出しの拳銃を握っている。

そいつがゆっくりとこっちを向いた。目が血走っている。

ドブが言う。

「あれ……。ドクロ仮面の中身じゃねえのか。俺の拳銃だろ。あれ」

小戸川は答える。「らしいな」

ドブが考えている。小戸川は短く言った。「どうする？　逃げるか？」

ドブが助手席のドアに手をかけた。「いや降りる。拳銃を取り返したい」

「ここで撃たれたら台無しなんじゃないのか？」

ドアから身を乗り出しながら言った。

「あの拳銃には弾が六発入ってた。キャバクラで二発、小戸川の家で一発、こないだのカーチェイスで二発、あと一発は俺の右足だ。使い切ってる」

ドブがタクシーを降り、ピューマに向かっていく。でも小戸川は知っている。あの拳銃にはまだ弾が一発残っている。なぜなら芝浦の埠頭でドブを撃ったのはあのピューマじゃないからだ。埠頭でドブを撃ったのは大門弟だ。だから、あいつはまだ、武器を持ってる。

これが小戸川の最後のトラップだ。ドクロ仮面とドブをぶつける。ありがたいことにドブが自らドクロ仮面に向かって行ってくれた。どうしようもなければ自分を囮《おとり》にドクロ仮面を怒らせて、ドブを巻き添えに自分ごと撃たれるつもりでいた。どうやら最悪の事態は避けられたらしい。

でもそうでもなかった。ドクロ仮面が拳銃を持ち上げて、それで小戸川を指し示したからだ。

近づいてくるドブをスルーして言った。

「あんたには用はない。そこの運転手だ。降りてこい」

ドブが立ち止まって小戸川を振り返った。小戸川は戸惑う。狙われているのは知っていた。だけど、狙われる理由には本当に心当たりがないのだ。いま、小戸川に拳銃を向けているこいつだって知らない顔だ。はじめて見た顔——、だよな。

小戸川はおそるおそるタクシーを降りた。降りて歩く小戸川をなぞるようにドクロ仮面の拳銃が動いていく。ドクロ仮面はまばたきをしない。

ドブの隣に立ってドクロ仮面と向き合った。小戸川の頬に汗が一滴伝わり落ちる。

小戸川は掠れた声で訊ねた。「……誰？」

ドクロ仮面が答えた。「田中一《たなかはじめ》」

もう一度言う。「……誰？」

田中が突然切れた。地団駄踏んでいる。本当にアスファルトを靴底で叩いている。

「お前が……！　お前が俺に突っ込んできたから何もかもめちゃくちゃになったんだ。俺の大切なものをお前は奪っていったんだ！　それを誰って！　誰ってなんだよぉ！」

「大切なもの……？」

ドブに言われた。

「小戸川、心当たりあるのか？」

まったくない。「いや……」

田中が叫んでいる。

「お前！　あの時俺を轢き殺しそうになっただろ！　そんで謝っただろ！　『ごめん』って！　俺の人生ぶっ壊したくせに、『ごめん』の一言で済まそうとしやがって……！　ふっざけんなよ！　お前ふざけんな！」

「え……？」

まったく知らない——。そう思ったけど記憶のすみっこに引っかかった。ピューマ。あ。

思い当たった。

思い出した次の瞬間に「マジか」と思った。ありえないとも思う。

タクシーで轢き掛けた通行人だ。夜中に道の真ん中でなぜか万歳してた変なヤツだ。

田中が喉を裂くようにして叫んでいる。

「あの時！　俺のスマホがぶっ壊れたんだよ！　そんでものすごく大切な……！　俺の人生って言ってもいいデータが無くなった！　お前のせいでスマホが壊れたんだよ！」

相手のテンションについて行けない。熱量の意味がわからない。

「大切なものって……、スマホ？」

「わあああ！」

叫ばれた。「スマホの中身だよ！　ズーデンだよズーデン！　俺がようやく……！　四年かけてやっと手に入れた超レアキャラの『ドードー』のデータを吹っ飛ばしやがって……！　スマホ、あの後側溝に落ちたんだよ！　水没したんだよ！　復旧したけどデータは戻らなかった……！　ゲットしたのに！　あの瞬間、確かに俺はドードーをゲットしたはずなのに……！」

「え……。ああ」

そうなんだ。悪いなって思うけど、それだけしか思えない。田中が腰を折って地面に向かって叫んだ。「詫びろおおお！　土下座して謝罪しろおおお！」

小戸川は引く。そこまですることかって思う。価値がわからない。なぜ怒るのかわからない。だって俺、こいつに何度も命を狙われたんだぞ。それにつり合うのか？　そのスマホのゲームに出てくるドットの集合体はそれほど重いのか？　せいぜい百キロバイトの画像データだろ。

田中の目に涙が浮いていた。足元に垂れる。

「お……、お前が俺のドードーを奪ったんだ……！　なのにお前のその顔は何だよ!?『え？』って顔は何だよ？『だから？』って顔は何だよ！　なんでみんなそんな顔すんだよ！　わかれよぉ！　みんなわかってくれよお！」

隣でドブが冷めている。何だコイツって目で田中を見ている。

呆れた顔のまま言った。

「要するに、こいつはソシャゲのデータを消されたから小戸川を殺そうとしてたってわけなのか？」

小戸川は返答の代わりに眉を寄せた。肯けないがどうやらそういうことらしい。

ドブが田中に訊ねた。「そうなのか？」

田中が頬に涙を垂らしたまま素の顔になっていた。小さくコクリと肯く。

「うん」

「そうか。それで、小戸川を殺すのか？　その俺から盗んだ拳銃で」

田中が手の中の拳銃を見ている。

「これ、あんたのなのか？」

「そうだ。お前、代々木公園のコブのある桜の木の根もとで見つけたんだろ、それ」

「うん」

「俺の拳銃だ。部屋に持ち込むとヤバいんで隠してたんだ」

田中が拳銃を見ている。

「俺……。そいつにドードーを殺された日に、十五年間飼ってたオカメインコのまるも死んじゃったんだ。まるを埋めてやろうと思って公園の土を掘ったらこれがあって……。俺、神様が……、俺に武器をくれたんだと思った。次のミッションは『そいつを成敗することだ』って神様に言われてるんだと思った。だから……」

ドブが肩を竦めている。心の声が態度で漏れてる。アホだこいつって言っている。

「でも……。なんか醒《さ》めちゃったんだ。こうして実際に獲物を追い詰めたら、欲しかったキャラをゲットした時みたいに一瞬だけドーパミンどぷどぷ出て気持ち良かったけど、なんか、手の中にあるの見たら……、結局ただのデータじゃんって。追い詰めたタクシードライバーもただのおっさんじゃんって」

ドブが言った。

「じゃあ小戸川を殺さないのか？」

「………。わからない。どうしよう。あんた、どうしたらいいと思う？」

「俺に聞くなよ。お前の正解は俺にはわかんねえよ」

ドブが笑った。ドブらしい笑みだった。人の心を切開手術する顔だ。

「でも一つだけ言ってやるよ。今のお前を動かしているものは何だ？　記憶、つまりデータだろ？　データは記憶だ」

メスを心に突き刺した。

「記憶はお前の人生だ」

田中の体がブルリと震えた。口が開き、叫ぶより前に大きく唾が飛んだ。ドブに向けて引き金を引く。

「うわあああああ！」

「ははは っ！　弾ならもうねえよ！　知ってるんだ俺は！」

パン。

ドブの腹に黒い穴が開いた。ドブが笑顔のまま首だけ傾けて自分の腹を見る。

「あ……？　なんで……？」

ドブが膝をついた。田中が白煙の立ち昇る拳銃を放りだして背中を向けた。叫びながら駆け出す。「うわああああああああああ！　あああああっ！」

小戸川とドブが残った。ドブは腹を押さえて膝立ちのままでいる。

指の隙間からドクドク血が流れ出してる。

ドブが言った。

「小戸川……。お前……」

「喋るな。大人しくしてろ」

「お前……、弾があるの、知って……」

ドブの目がうつろになってきた。焦点が合っていない。

「……び、病院へ。俺の、懇意にしてる病院が……。タクシーで……」

「もうお前は乗せない」

ドブがうつろな目を小戸川に向けた。小戸川はドブのポケットに手を入れる。そこを探って鍵を取り出した。九億円を載せたライトバンのキーだ。

「……お前……？」

「金は持ち主に返す。お前とヤノは捕まる。因果応報だよ。お前とはここでお別れだ」

「小戸川……？」

「救急車は呼んでやるよ。ついでに警察も呼ぶけどな」

「………」

小戸川はドブを見る。これで勝負はついたはずだ。だけど何だこの気持ち。勝ったっていうのに爽快感などまるでない。ざまあみろって気持ちも起きない。ただただ悲しいのはなんでだ。

どうしてドブは、こんなヤツになってしまったんだ。

俺も、どうしてこんな俺になってしまったのだろう。

最後にドブの声が聞こえた。

「小戸川……。お前、どこ行くんだ……？」

小戸川は答えた。

「帰りたいんだ。こうじゃなかった世界に」

まるで突っ込んでくる勢いでパトカーが駐車場脇の路上に横付けされた。小戸川は慌ててタクシーに乗り込む。パトカーからヤノと関口が降りてきた。関口の上着が少し破けている。頬には殴られたような跡があった。

関口が叫んでいる。「いましたヤノさん！　ドブとタクシードライバーです！」

小戸川はアクセルを踏もうとして踏み止《とど》まった。気色ばんだヤノが動けないドブのところに向かって行く。一瞬だけ迷ったけど言ってしまった。自分でもバカだと思う。

「十億は俺がいただいた！　ざまあみろお前ら！」

アクセルを踏む。ヤノと関口がバッと振り返って瞼を失ったような目でこっちを見た。ヤノが叫んだ。「あああああっ⁉」

小戸川のタクシーが急発進する。ヤノの声が追いかけてきた。

「追いかけろぉおおお！　逃がすなぁああああああ！」

ヤノのパトカーに追われながら、ハンズフリーにした携帯で今井に駐車場の場所を告げた。

「お前の金、九億円分はそこにあるから。ライトバンの下に鍵が隠してある。残りの一億は後で返す」

今井が言った。

〈大丈夫なんですか小戸川さま⁉　なんかパトカーとかどんどん集まってきててこのあたり騒然とし始めてますけど……！〉

「いま逃げてるから電話切るぞ」

〈いや何に追われてるんすか小戸川さま⁉〉

「ヤノたちが追いかけてきてんだよ」

10

大門兄弟

大門弟は兄を見下ろしていた。血だらけで路面に転がっている兄だ。

兄ちゃんが薄く目を開けて弟を見た。

「弟か……」

大門弟は呟くように言う。

「兄ちゃん、散々俺のことバカバカ言ってたけど、結局兄ちゃんの方がバカじゃん」

顔を歪《ゆが》めた。笑ったんだと思う。

「そうかもな……」

大門弟はあたりを窺う。兄が乗っていたはずのパトカーがない。

「……兄ちゃんをボコボコにしたの、ヤノたちか？」

「ああ……」

「逮捕しに行こう。公務執行妨害と傷害とパトカーの窃盗もあるだろ」

また顔を歪めた。

「だめだ。兄ちゃんも捕まる」

「あたりまえじゃん。悪なんだから。兄ちゃん、ドブの味方したんだから。俺が兄ちゃんを捕まえてやるよ」

言っていたら自分の顔も兄ちゃんみたいに歪んできた。なんだこれ。

「なんでドブの味方なんかしたんだよ。バカ！　兄ちゃんの嘘つき！　一緒に悪を懲らしめようって約束したじゃないか！」

兄ちゃんが腹のポケットに手を入れた。小さな人形を取り出す。

「これ……、覚えてるか……？」

兄ちゃんから受け取って、涙の浮いた目でそれを見た。白いアヒルが赤いヘルメットをかぶっている。

「……なんか、警察学校出た時に見た気がする」

兄ちゃんが言った。「俺たちは二人一緒の支給だったからな……。代表して俺が受け取ったんだ。交通遺児育英会の支給がぜんぶ終わったときに、記念としてもらえる人形だ……」

堪《こら》える。涙がこぼれてしまいそうだ。

「それが……、なんだよ」

兄ちゃんが教えてくれた。

「これをくれたのが……、ドブのボスだ」

目を見開いた。白い人形が揺れる。

「だから……、兄ちゃんはドブの協力をしてたってことなの……？」

笑っている。自分を笑っているみたいに見えた。

「すまない……。黙ってて。お前は正義感強いからさ……。きっと許してくれないだろうって思って……」

駄目だ。こぼれる。心も、涙も。

「許さないよ！ でも許したいよ！ なんだよそれ！ うわーん！」

思い切り泣いた。すっげえ悔しい。こんなに悔しいの生まれてはじめてだ。

けど、泣いたらすごくすっきりした。モヤモヤがなくなった。

大門弟は叫ぶようにして言う。兄に肩を貸して立ち上がらせる。

「でも……、ヤノたちは悪だから捕まえなきゃ。一緒に行こう、兄ちゃん」

11  小戸川とこの世界　@小戸川タクシー

小戸川の両親は三十年前に死んでいた。その理由を、剛力は当時の新聞記事に見つけた。

海に転落した車内から夫婦の遺体　無理心中か

十五日四時十五分ごろ、港区竹芝ふ頭で、海底に沈んだ乗用車から、埼玉県秩父市在住会社員男性、小戸川きよしさん（39）と妻のゆみさん（37）の遺体が見つかった。小学校四年生の長男（10）は自力で脱出し、意識不明の重体。県警は無理心中を図ったものとみて調べている。

車と動物が好きだった。

他のものはみんな嫌いだった。人も。怖いし。

同級生たちはみんな、僕をからかったり叩いたりして笑う。太っていてどんくさい僕は、いつもセイウチみたいだってみんなに笑われていた。

本当にセイウチだったらいいのになって、そんな時いつも思っていた。

学校にいる間は、僕をからかう同級生や先生たちがいるから僕は泣くけど、家に帰ると泣かなかった。家では僕の代わりにお母さんが泣くからだ。

お父さんが帰ってこないとき、お母さんは泣く。お父さんがたまに帰ってくると、べろべろに酔っぱらったお父さんに何か言われたり叩かれたりしてお母さんは泣く。だから僕が泣く必要がなかったのだ。家でのお母さんはいつも泣いていた。僕は、暴れたりわめいたりする家のお父さんしか知らないけど、お母さんが言うには、お父さんは外でお母さんの他に好きな人がいて、その人と一緒にいるときは笑っているらしい。

僕は、人間はあまり好きじゃない。動物のが好きだ。

お父さんも好きじゃないけど、僕に動物図鑑を買ってくれたから少し好きだ。お父さんはお母さん以外の女の人に会いにいくとき、僕を車に乗せて動物園に連れて行ってくれる。動物園の入り口で僕を降ろしたお父さんはどこかに行って、閉園の時間になると僕を連れに動物園に戻ってきた。僕はその間、ずっと動物たちを見ていた。人の目は怖いけど、動物の目はずっと見れた。この時間が大好きだった。

セイウチも見た。ぶくぶく太っていて、変な鳴き方をして確かに僕みたいだって思った。けどちょっとお母さんにも似ているなって思った。

家よりも学校よりも、ここにいたいなって僕はいつも思っていた。


ノートを読んでいた白川さんが呟くように言った。

「剛力先生。これって……」

「ああ。十歳だった小戸川の書いたメモリーノートだ」

「メモリーノートって……」

「当時の小戸川を担当した医者が保管していたんだ。治療の一環で書く日記みたいなものだな。小戸川の書いたこれをもとに、当時小戸川を担当していた医者たちのチームがサポート方法を検討し、統一していたんだ」

剛力はノートを読んで思った。やっぱりだ。小戸川には世界が歪んで見えている。いや、歪ませていないと、この世界で生きていけなかったのだ。


続きを読む。

車が好きになったのは、たまにお父さんとお母さんと僕の三人でどこかに行けるからだ。

あの事故の日も、僕はすごくひさしぶりにお父さんとお母さんと一緒に車に乗れてうれしかった。いつもと違って夜だったし、お父さんはいままでにないくらいにすごく酔っぱらって後ろの席でずっと眠っていて、運転をするお母さんはガチガチに肩をこわばらせていて僕が話しかけても何もこたえてくれなかったけど、でも僕はうれしかった。夜で、道路も信号も車のライトもピカピカ光っていてきれいだったし。


気がついたら、病院のベッドで寝ていた。

頭がぐあんぐあんしていて何だか変な感じだった。ワニみたいなお医者さんが僕にいろいろ説明してくれたけどよくわからなかった。わかったのは、僕とお父さんとお母さんは事故にあったっていうこと。それでお父さんとお母さんはどこかに行ってしまったってこと。あと、僕がセイウチになったってこと。お医者さんも、ワニみたいって思ったけど、よく見たら本物のワニだった。学校の先生も病室に来たし、親戚とかも来たけど、そういう人に会うのがあまり嫌ではなくなった。だってみんなパンダとかビーバーとかゾウガメとかフタコブラクダだったからだ。

みんな、僕のことをかわいそうだって言ったけど、僕は前よりかわいそうじゃなくなっていた。

何日かしたら、マレーバクのおじさんが病室に来て、僕の面倒を見ると言った。

これで学校の同級生にも会わなくて済むし、東京に引っ越せるし、うれしかった。

僕は、セイウチになれて本当によかったと思った。

マレーバクのおじさんにはその時しか会ってないけど、いつかちゃんとお礼をしたいと思った。


読み終えた白川さんが呟いた。

「……小戸川さん」

剛力はノートを閉じた。これではっきりした。小戸川はフィルター越しに世界を見ている。この世界が見えていないのだ。だから心を許せない。誰かが近づいて行っても、それがちゃんと見えないから小戸川の心はそれを拒んでしまう。自分から近づくこともできない。自身の作ったフィルターに阻まれてしまうからだ。だから小戸川は常に一人だ。どこまでも一人なのだ。

「小戸川……。突き破れ」

口の中で言った。これは剛力の願いだ。祈りだ。

——帰ってこい。小戸川。


ヤノの運転するパトカーが、赤色灯を回し、サイレンを全開にしながら追いかけてくる。小戸川はハンドルを切りながら自分のためにつっこむ。

「これ絵面《えづら》的には完全に俺が凶悪犯じゃねーか」

ヤノのパトカーだけじゃない。騒ぎを聞きつけて警察車両が続々集まってきていた。ミラーの中に赤いランプが二つ、三つ。また増えた。追われている。

「おいおいおい。どうすりゃいいんだよ俺」

ミラーの中のヤノがぐんと大きくなった。ぶつかりそうだと思ったらそのままぶつけられた。ドンという衝撃と共に小戸川の体が少し浮く。バグンと空気を圧縮したような音がしてトランクが開いた。ヤノが大きく口を開いている。聞こえてきそうだ。

「俺の金だぁあああ」って。

渋谷の大型ビジョンにニュース映像が流れていた。ヘリで上空から撮影されたカーチェイスの映像だ。先頭を黄色いタクシーが行く。そのすぐ後にバンパーが破損したパトカー。その後少しだけ間を空けて数台のパトカーが追いかけていく。テロップが流れていた。

――東京都内　制止を振り切ってタクシーが暴走

スマホで臨時ニュースを目にした白川さんが剛力に言った。

「先生。これ、小戸川さんのタクシーです」

剛力は驚く。「本当か⁉　何してんだあいつ。どこに向かってる⁉」

「東京湾の方に向かってるみたいです」

「俺は行く」

白川さんが剛力の腕を摑んだ。

「私も行く」

二階堂ルイは、港を前にした埠頭に一人でいた。さっきの会見を思い出す。思い出したくないのに思い浮かんでしまう。山本さんが言っていた。憔悴しきった顔で。

「これから警察の事情聴取が何度もあると思う。打ち合わせをしよう」

ルイは答えた。「もう無理だよ。正直に話した方が……」

「俺たちが何をしたのかわかってるのか。殺していないとは言え、やったことは重罪だ」

「…………」

「大丈夫。まだ行ける。まだ挽回できるさ」

「できないよ……」

海に向かって呟いた。ルイの声が風に乗って消えていく。

市村しほは一人、港に臨む公園に佇んでいた。広い場所が好きだ。

同級生が私のことを話しているのを聞いてしまったことがある。廊下のすみっこで。

「市村さんの家見たことある？」

「ああ聞いた。すっごいプレハブみたいなところで人口密度すごいんでしょ？」

「そう。だからずっとお風呂の中にいるんだって」

「うける。ちょーふやけてそう」

卒業文集の将来の夢に書いたのはアイドルじゃなかった。

しほは書いた。

「大金持ちになりたい」

和田垣さくらは一人、臨海の遊歩道を歩いていた。前に進みたい。大分の母親からメールが入っていた。「さくら、大丈夫？」って。会見を見たのだろう。さくらは呟く。「大丈夫だよ。お母さん」

アイドルになるのは、私だけの夢じゃなかった。お母さんの夢でもあった。母はさくらに何もかもを託していた。たぶん自分の人生すら半分以上はさくらに託していたと思う。仕事でどんなに遅くなっても必ず手料理を作ってくれた。

「ごめんね遅うなっち。さくら、ご飯は？」

「まだ……、だけんど、お母さん、仕事で疲れちょんやろ？　いいち。適当に食べるちゃ」

「明日んお弁当もあるき、ついでに作るちゃ。またからあげやねえけど」

「ありがとうお母さん。お母さんのからあげ大好き」

さくらにとって、油の弾ける音は母の息吹《いぶき》だった。やわらかな肉の弾力は母のぬくもりだった。

お母さんは言っていた。

「夢破れたお母さんからしたら、あんたは眩しいのちゃ。人生いっぺんきりなんやけん。どんな手使うちでも夢叶えちゃ」

田中一は死のうとしていた。港の見える橋の欄干に手をかけてそこに登ろうとする。手に入れた拳銃で人を撃った。死んだかもしれない。何もかも失った。仕事も未来も希望もオカメインコのまるもドードーも。

もうここにいてもしかたない。ゲームオーバーだ。

海に身を投げようとした瞬間に「おい」と誰かに呼び止められた。近くに車が止まっていた。そこから白衣を着たゴリラみたいな男と細くきれいな女性が降りてきた。

ゴリラが飛びついて来た。「何やってんだ！」

パトカーのサイレンの音が近づいてくる。

樺沢太一は迷走していた。もう自分が何なのかわからない。

新しいアカウントを作った。プロフィール。

元カリスマインフルエンサー。地道にイチから頑張っていきます。

呟いてみた。

──死んじゃった呑楽の娘がミステリーキッスってびっくりするし同情するけど俺の当面の生活費の方が深刻でよっぽどミステリー

一つだけいいねが付いた。一人だけの拍手って逆に惨めだ。

これが俺の人生。

ホモサピエンスの二人は敗者復活戦に敗退した。わりと悲惨な感じで。

海をバックに柴垣と馬場の二人は向き合って立つ。柴垣は言った。

「こないだ……。リスナーのほら、長嶋聡っておったやん。小賢しい高校生」

「ああうん」

「あいつに出待ちされて、コンビ組んでくれ言われたわ」

「…………。へえ」

「あいつも敗者復活戦見てがっかりしたやろな。罵詈雑言《ばりぞうごん》喚《わめ》き散らしただけやもんな」

「……うん」

「なあ馬場。ほんまに解散したいんか?」

「……お前が言い出したんやろ。今年あかんかったら解散って」

「もう一歩のところまで来て、ネタ飛ばして終わりなんか後悔しか残れへん。ラストイヤーは来年や。もう一回考え直してくれ！」

「…………」

「俺、お前やないとあかんねん！　お前のツッコミじゃないとあかんねん！」

「……ツッコミ下手くそってさんざん」

「なあ頼む！　もっとおもろいネタ書くから！　ツッコんでくれ！　もっかいツッコんでくれ！」


小戸川はタクシーを駆る。すぐ先が港だ。真っ黒な板みたいに見える夜の海が水平線まで続いている。焦っていた。どこかで曲がらないと海に突っ込むことになる。だけどヤノが追いかけてくる。何度もぶつけられてトランクはもう開きっぱなしだ。中だってどうなってるかわからない。曲がったらきっと側面にヤノは突っ込んでくる。そしたらきっと死ぬ。

「俺……。死んでもいいって思ってたはずなんだけどなぁ」

カーラジオからクリスマスソングが流れてきた。笑ってしまう。ラジオに手を伸ばす余裕もない。というか、クリスマスソングが今の心に不思議としっくりきた。日常の続きにやってくる非日常。特に何もなくても心が浮き立つ誰にとっても特別な一日。誰かと過ごしたいって、たぶん一年で最も強く願う不思議な一日。

ヤノがまた車をぶつけてきた。また体が浮いてバックミラーに紙吹雪が舞った。

ジュラルミンケースが開いたのだ。

一億円の花吹雪が夜の港に舞い上がる。

「おお」

小戸川は少し嬉しい。それがきれいだったから。

「剛力先生！　あそこ！」

海に飛び込もうとしていた青年を力ずくで引き留めていたら、白川さんが橋の欄干に身を乗り出して遥《はる》か下の埠頭を指差した。剛力は暴れる青年を路上に押し付けながら、欄干の隙間からそれを見る。真っ黒の海に直進する黄色いタクシーが見えた。スポットライトを浴びているみたいに浮き上がって見えた。止まらない。このままだと海に突っ込む。小戸川が、三十年前のあの時と同じように、車で夜の海に沈んでしまう。

白川さんが橋の欄干にむき出しの足をかけていた。剛力は慌てる。

「白川さん！」

白川さんが叫んだ。

「助ける」

海だ。真っ黒の何も見通せない海だ。

まるでこの世界みたいだ。

港には一万枚の花吹雪が舞い散っていた。後ろでヤノのパトカーが急ハンドルを切ってタイヤを滑らせている。他のパトカーたちは港の入り口近くで停車したようだ。

小戸川は直進している。

不思議な気分だった。真っ黒な海を前にして落ち着いている。

霧が晴れたみたいにクリアだ。

いままで大人しく生きてきて、ここ数か月でバカみたいにいろいろなことが起こった。見たことのないものをいっぱい見たし、したことのない会話もたくさんした。いつもなら尻込みするような行動も否応《いやおう》なしに、いや、結構積極的にやった気がする。

人に頼られるのなんかほとんど初めての経験だったんじゃないか。ずっと避けてきたから。今だから言うけど、白川さんの俺への気持ちがちょっと本気まじりなんだっていうのも実は結構確信している。心って支えがあると結構折れないもんなんだな。今まで怖くて試したことなかったけど。

突っ込んでみようか。

少し前までは、信じたいものが一つもなかったから、俺は最悪死んでもいいやって思っていた。だからドブだって、体は怖がってだけど心は怖くなかった。何も信じるものがないから何もかもどうでもよかった。誰がどうなろうと関係ないし、関心もなかった。基本一人だし。

だけどなんか、俺は変わったのかもしれない。

信じたいんだよな。

アクセルを踏み込んだ。小戸川の乗ったタクシーはカタパルトで射出されたみたいに埠頭から飛び立つ。

巣立ちの時、自ら生まれ変わる。

小戸川はそれを選んだ。

この世界を直視しろ。

心の中の世界にさよならして、

俺以外のみんなが生きてる、クソみたいな世界に飛び込め。

なあ、小戸川宏。

フロントガラスが真っ黒に変わった。

水に沈む。

「なあ頼むわ馬場！　もう一回！　もう一回だけツッコんでくれや！」

柴垣と馬場はそれを見ていた。夜の埠頭を突っ切って、黄色いタクシーがノンブレーキで海に飛び込むのを。

柴垣はつっこむ。

「車が突っ込むんかい！」

12  小戸川宏

沈む。沈む。どんどん沈む。
真っ暗だ。何も見えない。車内に水が入ってきた。
ああ。
どうしてあの時、母親が自ら死を選んだのかわかった。
信じるものが一つもなくなったからだ。
自分も、家族も、人間も、愛も。お金すら。
何も信じられなくなって、つかまるところが無くなったから死んだんだ。
俺たちは信じるものの上に足をついて生きてる。
それが無くなると、わりとあっさり生きる理由を見失うんだ。
でも俺はそうじゃない。母親とは違う。信じるものを自分で作ってみたいって思っ

たんだ。白川さんとか剛力とか柿花とかタエ子ママとか。みんな誰かを信じて生きている。たとえそれが独りよがりだったり勘違いだったりしても、そうじゃない可能性を信じて生きている。自分が大切に思うんだから、相手だってきっと大切に思ってくれるって思っている。

そう信じるから人は生きられるんだ。

俺は、みんなを信じたいんだよ。

真っ黒な水が鼻の下まで小戸川を埋めた。そろそろ息ができなくなる。小戸川は目を開けていようと思った。最後まで世界を見ていたかった。冷たい水に顔を埋め、ゆらゆらする視界に浸っていたら、窓の外に白いものが見えた。ゆらゆら、クラゲみたいに揺れている。それがバンと窓に張りついた。赤いものが見えた。なんだこれ海に棲《す》む生き物か？　それが動いて小戸川はハッと胸を打たれた。読めたからだ。赤いのは口だ。口が動いて言ったからだ。

「小戸川」って。

白いものが一瞬だけ遠ざかって、次の瞬間に窓が砕け散った。ガラスの破片が小戸川の視界を遮る。やっぱりだ。人は駄目だけど、ときどき信じられる。その時々は、決してなくならない。

信じたいと思ってさえいれば。

白川さんが割れたガラスの向こうから白い手を伸ばしてきた。その手が小戸川の右手をしっかりと摑む。

小戸川はもとの世界に帰っていく。

水面は微《かす》かに明るかった。

信じていいんだ。

信じられるものは、確かにあるんだ。

気がついたら、埠頭に横たえられていた。そこかしこが赤色灯でチカチカしていた。開いた目に微かに映った。ヤノと関口が大門兄弟の先導でパトカーに押し込まれる姿が。その手にはめられた銀色の手錠が。

何度かまばたきした。真っ黒でポツポツと星の浮く夜空。そこにひょっこりと二つの顔が飛び出してきた。

女性が言う。

「大丈夫だった？　小戸川」

小戸川は咳《せ》き込む。声を出そうとしたら水が出てきた。もう一人の男の方が小戸川の上半身に手を添えて起こしてくれた。また咳き込んでからゆっくり言う。

「……何海ん中入ってきてんだ。死ぬぞふつう」

女性が笑っている。

「大丈夫だよ自信あったし」

「……どっから出てくる自信だよ」

「それに、窓割るの練習済みだし」

「おい」

気づいた。笑っているその顔。白川さん。

人間だ。

「なんで……、そこまですんだよ」

白川さんがそっぽを向いて唇を尖らせた。少しだけその頬が赤い。

「いいじゃん別に。私がしたかっただけだよ。小戸川と一緒」

「………」

顔を見たいと思った。目を見つめたいと思った。

大丈夫。俺は信じられる。

ちゃんと人間だ。この人。

「小戸川。ちょっと口開けてみろ」

小戸川は素直に従う。剛力が淡々と言う。「舌出して。あーって」

「あー」

「うん」

今度はペンライトを取り出した。それを小戸川の目に当てる。

「大丈夫そうだな。心配したぞ小戸川」

「いや……、さっき白川さんと話してるの見てたじゃん。なんで瞳孔反射だよ。それ死んでるか確認するやつだろ」

剛力が笑っている。「はは。大丈夫みたいだな。確かに小戸川だ」

小戸川は剛力の目をしばらく見つめた。ごつい体の剛力院長がなぜか照れている。

「なんだ小戸川。俺が珍しいのか？」

「ああ……。そうだよなって思って。ゴリラか……。まあ、ゴリラに見えるよなこれは」

「なんだかよくわからないが褒めてはいないよな、それ」

「なんで剛力と白川さんがここにいるんだ」

剛力が白川さんを見てから言った。白川さんは頬を染めてそっぽを向いている。

「いや白川さんが『小戸川を助けるー』って言うから」

「マジで?」

「『小戸川さん死んだら私もう生きられない』って言うから」

「言ってない!」

白川さんが剛力院長の耳を摑んで耳元で叫んだ。剛力が笑っている。

小戸川は訊ねた。

「剛力は……、どうして?」

言いよどんでいる。

「ん、いや……、俺は……。そうだな」

「歯切れ悪いな」

頭をポリポリ搔いている。

「ん……。まあ、いいか。正直に言うか。仲間外れになりたくなかったんだよ」

「なんだそれ」

「俺は……。お前と白川さんと俺で、それで、そこに柿花とかタエ子さんとか加わってさ、それで楽しいって思ってたんだ」

「…………」

「だけどほら。お前、白川さんを助けようと必死に動いてただろ？　それで、白川さんもお前の力になりたいってどんどん動き出してさ。なんか、俺だけ取り残されてるみたいじゃないか」

「…………」

「このままだと、図にすると『小戸川』→『白川』、『白川』→『小戸川』で完成しちまうだろ？　だから、そこに加わって、『小戸川・白川』のパワーバランスに一石を投じたかったっていうか。まあ要するに、仲間外れになりたくなかった」

「小学生の友人関係みたいだな」

笑った。

「ああ。そうだな。でも、そうしたかったんだよ。お前と一緒だ」

「そうか」

剛力も信じられる。ちゃんと人間だ。

港が少しずつ落ち着きを取り戻していく。夜が帰ってくる。

病院に向かう救急車の中、小戸川は自分の手を見てみた。セイウチの紫色のガサガサした皮膚。

もうそうじゃなかった。

ゴムみたいな紫の皮膚じゃない。肌色だ。

人間だった。俺も。

Epilogue

腹を撃たれたけど、ドブは生きていた。

ドブの病室にやってきて、ベッドに横たわるドブに大門は言う。

「計画は失敗に終わったなドブ。しかし安心しろ。俺が逃がしてやる——っつって弟でしたー！」

ドブが呆れている。「そのドッキリつまんねえよ」

「小戸川にもやったけど同じこと言われたよ。親戚にしかウケないって」

「何しにきた」

「あー、もうすぐ刑事が逮捕状持ってここに来るから教えてやろうって思って」

「そんなこと教えて俺が逃げたらどうすんだ」

「また撃ってやるよ。バーンって」

「埠頭で俺を撃ったの、やっぱりお前だったのか」

「ああ。めちゃめちゃ怒られたけどな。でもお前ら一味を逮捕できるんだ。なんてことない」

「俺が捕まるってことはお前の兄貴も捕まるってことだぞ。わかってんのか？」

「ああ。兄ちゃんがやったことは悪いことだからな。罪には罰があたりまえだ。悪は滅びないだろうけど、俺は正義を守り続ける。なんてったって警察だかんな！」

小戸川の病室には白川さんと剛力がいる。

いいって言うのに白川さんが小戸川のタオル類を畳んでくれている。

静かだからテレビの声がよく聞こえる。

――ミステリーキッスのメンバー、三矢ユキさんが殺害された事件で、警視庁は四日、任意で事情を聞いていた同じメンバーの二階堂ルイ容疑者を殺人の疑いで逮捕しました。また、ミステリーキッスマネージャーの山本冬樹《ふゆき》容疑者、無職、矢野治人《やのはるひと》容疑者、同じく無職の関口東吾《とうご》容疑者の三人を死体遺棄容疑で逮捕しました。なお、二階堂ルイ容疑者は一部容疑を否認しており、今後の捜査で……

テレビに目を向けたら白川さんの手がリモコンに伸びてテレビを消した。

つまらなそうに言う。

「退屈。どっか行きたい」

剛力が笑っている。小戸川はベッドから言う。

「行けばいいじゃん。別にずっと居てくれなくても大丈夫だし」

白川さんがむくれた。

「今のが『一緒に行きたい』に聞こえないって小戸川相当やばいよね」

素でわからなかった。いまだに自分と彼女の距離感がわからない。白川さんが続けた。

「動物園行きたい」

「……動物」

剛力が話に割り込んできた。

「ああそうだ小戸川。これ、柿花に返してやってくれ。俺はもうすぐ帰るから」

ボロボロのノートを手渡された。小戸川は腹の上に置いてそれを眺める。

「柿花に？　これ何？」

「柿花の昔のノートだよ。日記みたいなヤツだな」

「なんでそんなもの」

剛力が唇だけで笑っている。

「……三十年前の事故のときの、お前の主治医を探したんだよ」

「マジかよ。どんだけ時間かかるんだよそれ。よく見つかったな」

「見つけるだけはな。見つけて、当時のお前の記録ノートだけは入手できた。だけど、お前の病気については何も聞き出せなくてな。医者には守秘義務ってものがあるんだ。たとえ医師同士だったとしても、患者の同意なしじゃ何も話せない」

「……じゃあお前が調べたって結局何もわからなかったんじゃ」

「お前に直接聞ければよかったんだけどな。だけどお前には、病識、なかっただろ？ あらゆる人間が動物に見えてたんだろ。お前」

無言になった。

「やっぱりそうか。なーんか妙だとは思ってたんだよ。白川さんのことアルパカとか言うし」

白川さんが笑っている。「言われた」

「…………」

「白川さんはアルパカっていうかラマっぽくないか？」

白川さんが剛力の耳を摘まんだ。「それは許さない。先生知らないでしょ？ 私カポエイラ習ってたんだから」

小戸川も笑った。「はは。剛力。ケイシャーダ食らわされるぞ」

「ははは。昔のお前のことは、柿花が教えてくれたんだよ」

「柿花が……？」

「お前ら、中学のとき、男同士で交換日記みたいなものしてたらしいじゃないか」

「……そうだっけ？」

「柿花はちゃんと覚えてたぞ。当時の日記もちゃんと持ってた。それがそいつだよ。それを見てわかったんだ。当時のお前の生活と、お前の病態が」

「…………」

「気持ち悪いよな、あいつ。三十年前の想い出を大事に抱えてんだ」

「…………」

「いい友達だな。小戸川」

「……うん」

ドアがノックされ、青年が病室に入ってきた。大きな紙袋をいくつか抱えている。

ベッドの小戸川に駆け寄った。

「小戸川さま！　お体の方は大丈夫ですか⁉」

一瞬誰だかわからなかった。けど声と態度ですぐにわかった。

「今井か。おかげさまで大丈夫だよ」

今井がとけそうな顔をしている。「よかったぁ……」

「それよりお前こそ大丈夫なのか？　ミステリーキッスがあんなことになっちゃって」

「いやすごいショックですよ！　もしほんとにルイたんがやったんならそれはとても

悪いことだけど、でもよく考えたら面会できるアイドルっていうのも貴重だなって」

「すっげえポジティブだな」

「だからまあ、あんまり気にしてないです。会えるだろうし。小戸川さまのおかげで幸いお金はたくさんありますし！　で、これです！」

紙袋をベッドにドサドサ載せられた。「何これ？」

「お金です！　警察が港に飛び散ったお金を回収してくれたんです。いくらか無くなっちゃったけど、これ小戸川さまにって」

「いやいらないって」

「もらってくださいよー。お金あるってのもそれはそれで困るんですよ」

「お前、値切るときも奢《おご》るときも同じリアクションなんだな」

剛力がニヤニヤしている。

「もらってやればいいだろ。あって困るもんじゃなし」

「そんなこと言われても使い道がなぁ……」

白川さんが言った。

「柿花さんの借金を肩代わりしてあげるとか」

「いやあんたそれでひどい目にあっただろ。嫌だ。柿花には自力で返させる」

また白川さんがむくれた。小戸川は考える。「あ」

「なんですか？　使い道思いつきましたか小戸川さま！」

「うん。一個あった。今井、もらっていいかこれ」

「はい！　もちろんですよっていうかむしろこっちがありがとうです！　じゃあ俺行きますね。これからルイたんファンの集いがあって、そこで今後の応援方針について話し合うんで！」

言うなり駆けるようにして病室を出て行った。小戸川は今井の背中に手を伸ばす。

「あ、今井……！　もう一個言おうと思ってたのに。……ああまあいいか。警察に言えば」

白川さんが小戸川に訊ねてくる。

「使い道って何？」

剛力が代わりに答えた。「交通遺児育英だろ」

小戸川は笑う。さすが。見透かされてる。

「そう。俺の養育費を払ってくれた財団に返そうかと思って」

「誰だか心当たりあるのか？」

「ないけど、大家さんに聞けばわかるだろ」

剛力がニヤリとした。何か知っているらしい。

「どうせなら直接渡してこいよ。お前の記録にあったぞ。マレーバクのおじさん、だぞ」

「あ」

マジか。俺の名前を知っていた。だからか。

「わかったみたいだな」

帰り際に剛力が言った。

「ああそうだ。お前の家の黒猫、あれの世話は白川さんがしてくれてるから安心しろ」

「え」

「飼ってるだろ？　押し入れの中にいて寂しそうにニャーニャー鳴いてたぞ」

小戸川は唾を飲み込む。猫。そうか。猫に見えていたんじゃなく、あれはやっぱり本物の猫だったんだ。心の底で自分を疑っていた。俺は知らずに、人を攫ったりはしていなかった。

練馬で、猫を拾ってきただけだったんだ。

入れ替わりに今度は柿花が病室にやってきた。

「おう小戸川ー！　元気⁉　あー元気ってのは変だよな入院してんだもん。でも小戸川あれだぞ。やまびこのタエ子ママがもうめちゃくちゃ寂しがってるから。俺もほらあんまり行けないじゃん金ないし。でもお前はさ、治ったらさ、やまびこ行って近況報告してさ、そのついでに柿花も元気だってママに伝えて安心させてあげてほしいってヤベッ！　手土産忘れた！」

小戸川は笑う。充分だ。

「おう。柿花」

退院してから池袋のサウナに行ってみた。

マレーバクのおじさんはいつもみたいに入れ墨を背負って誰もいないサウナ室に座っていた。

そして言われた。

「もう体はいいのか？」

小戸川は答えた。「いいよ。眠れるようにもなったし」

「それは何よりだな」

「こうしてあんたみたいな人間に話しかけられるのも俺からしたらすごい成長なんだ。

女の人はまだ慣れないけど」

嬉しそうだ。「そうかそうか」

「あんたは警察に捕まらないんだな」

「ああ。優秀な部下を持ったからな」

「あんたに苦しめられた人間たくさんいるんだろうけど、それを咎めるようなことはしないよ。それは俺の役目じゃないし、あんたに救われた人間もそれ以上にいるんだろうし」

「もう引退するんだ。どんちゃんの娘さんを救えなかったどころか、その事件に部下が絡んでたなんてもはや本末転倒だよ」

「ドブは……、あんたに見捨てられるのが死ぬより怖いって言ってた」

「そうか」

「一つだけ課せられたルールがあるってのも言ってた。どんなルールなんだ？」

「ああ。人を殺してはいけない。それだけだ」

「……そうか」

手の中の鍵をマレーバクのおじさんに渡した。このサウナのロッカーの鍵だ。

「ここに、一億円近く入ってる。できるところまでやってほしいんだ。いま支給してる子どもたちだけでも、あの人形を渡してやれるまで、最後まで騙してやってほしい」

マレーバクのおじさんが鍵を見ている。小戸川は立ち上がって頭を下げた。

「これまでお世話になりました。ありがとうございました」

ラジオが喋り出した。

〈さあ始まりました！　えー、こんばんは煩悩イルミネーションです！〉

〈いやあ駆り出されましたね〉

〈そう僕たちえーと、代打ということでね〉

〈ホモサピエンスさんのね〉

〈名前出すんじゃねーよ〉

〈名前は出してもいいだろ別に〉

〈名前はいいのか？　まあ良しとしましょう〉

〈馬場さんが殺人犯と付き合ってたというね〉

〈それは言うなよ！〉

〈それ言わねーとみんな気持ち悪いだろ〉

〈容疑者なんで。まだ〉

〈めちゃめちゃ疑ってんじゃねーか〉

〈でもさ、付き合ってたってくらいで馬場さんのレギュラー全部打ち切りって厳しくね？〉

〈そこはほら、スポンサー的に印象悪いしさ〉

〈どうすんだろうねこれから〉

〈でも柴垣さんからしたらざまあみろって感じだろ〉

〈お前ほんと性格悪いな。もう音楽行きます。ザ・ポーグスで『ニューヨークの夢』〉

ドア窓をノックされた。

「あのー。乗れます？」

小戸川は顔の上に載せていた雑誌を除《の》けて目を開ける。帽子を目深にかぶった女の子だ。どこか猫みたいな印象を受ける。

ドアを開けた。

女の子が乗り込んできたその時に電話がかかってきた。女の子が小戸川と携帯電話を交互に見て「わ。わ」とか言っている。

小戸川は言った。

る。

「いいよ出て。こっちは時間に余裕あるから」

女の子が安心したような顔をしてスマホを耳に当てた。彼女の話す声が聞こえてくる。

「あ、お母さん。元気？　うん。前んとこより大きい事務所に移籍したんや。うん……。順調すぎて怖いくらい。え……？　ああそう。あはは。そう四番手って言われたらあきらめきれんもん。だって一人減れば三人ん枠ん中入れるってことやろ？　うん。うもういったちゃ。いろいろあってもう一人減るんな正直出来すぎやって思うけど……。まあ、おかげで私が目立つけんいいんやけどね」

妙な話だ。

「あとは……、あん時乗ったタクシーが見つかればなあって思うとっちゃけど。それもまあ、なんとかなりそうちゃ。ああうん。またからあげ食べさせち。お母さんの言うとおり、どげな手使うちでも夢ぇ叶えちみせるけん」

どうやら通話は終わったらしい。女の子が満足そうに笑みを浮かべて、「運転手さん。ありがとう」とお礼を言った。

ミラーの中、どこか黒猫に似た少女が後部座席の真ん中にちょこんと座っている。

小戸川は言った。

「どちらまで?」

―――本書のプロフィール―――

本書は、二〇二一年放送のアニメ「オッドタクシー」の脚本をもとにノベライズしたものです。

小学館文庫

オッドタクシー

著者 涌井《わくい》 学《まなぶ》
脚本 此元和津也《このもとかづや》

二〇二一年七月十一日 初版第一刷発行

発行人 飯田昌宏
発行所 株式会社 小学館
〒一〇一-八〇〇一
東京都千代田区一ツ橋二-三-一
電話 編集〇三-三二三〇-五六一七
販売〇三-五二八一-三五五五
印刷所 ―――― 図書印刷株式会社

この文庫の詳しい内容はインターネットで24時間ご覧になれます。
小学館公式ホームページ https://www.shogakukan.co.jp

原作:此元和津也/P.I.C.S. 協力:小戸川交通パートナーズ

ISBN978-4-09-407043-9